KB002640

온후 판타지 장편소설

WISHBOOKS FANTASY STORY

전장의 화신

전장의 화신 2

온후 판타지 장편소설

초판 1쇄 찍은 날 | 2017년 3월 6일
초판 1쇄 펴낸 날 | 2017년 3월 13일

지은이 | 온후
펴낸이 | 예경원

기획 | 위시북스
편집책임 | 박우진
편집 | 이즈플러스

펴낸곳 | 예원북스
등록번호 | 제396-2012-000132호
등록일자 | 2012. 7. 25
KFN | 제1-078호

주소 | 경기도 고양시 일산동구 호수로 646-24 위너스21 II 빌딩 206A호 (우)10401
전화 | 031-819-9431 팩스 | 031-817-9432
E-mail | yewonbooks@naver.com

ⓒ온후, 2017

ISBN 979-11-6098-101-8 04810
979-11-6098-099-8 (set)

※ 파본은 구입하신 서점에서 교환하여 드립니다.
※ 저자와 협의하여 인지를 붙이지 않습니다.
※ 이 책은 예원북스와 저작자의 계약에 의해 출판된 것이므로 무단 전재 및 유포, 공유를 금합니다.
※ 이 도서의 국립중앙도서관 출판시도서목록(CIP)은 서지정보유통지원시스템 홈페이지(http://seoji.nl.go.kr)와 국가자료공동목록시스템(http://www.nl.go.kr/kolisnet)에서 이용하실 수 있습니다.

온후 판타지 장편소설

WISHBOOKS FANTASY STORY

전장의 화신

2

Wish Books

전장의 화신

CONTENTS

7장 마계

눈이 휘몰아치는 산.

하얀 트롤 수십이 사체가 되어 산중턱을 나뒹굴었다.

박살이 났다고 해야 할 만큼 끔찍한 광경.

그리고 사체들 사이에 한 남자가 있었다.

아이스 트롤은 중급 중에서도 상위권을 달리는 마수다.

어지간한 강자도 혼자서 사냥하지 못한다는 괴물을 수십이나 홀로 해치운 남자가 사체 위에 앉아 중얼거렸다.

"트롤 킹, 이 새끼. 깐죽거리면서 잘도 도망 다니는군."

트롤 킹!

일반적인 트롤과는 비교가 안 되는 트롤의 왕.

그 크기도 무척이나 커서 오우거조차 피해간다는 이야기가 있을 정도다.

그런데 남자는 트롤 킹을 마치 옆집 강아지처럼 가볍게 불렀다.

남자는 그럴 만한 자격이 있었다.

권왕 류신.

인류 10강에 가장 근접한 사나이라고 불리는 야인이 바로 그였기 때문이다.

어떠한 길드나 세가에도 들지 않고 혼자서 모든 걸 해결한다.

하지만 어느 집단도 그를 영입하려 하지 않았다.

그의 싸움은 광기 자체다. 피아를 가리지 않고 다 때려 부순다.

집단 전투에 도움이 되는 인간과는 거리가 멀었다.

평소에도 약간 불안정한 상태라 모든 '도시'의 출입을 거부당했지만, 원래부터 혼자 살아가는 야인이니 그는 전혀 신경 쓰지 않았다.

"잡아야 할 놈이 산더민데 트롤 킹 하나가 말썽이네. 하, 썅놈."

그는 현재 한 가지 중요한 시련을 해결하고자 먼 길을 돌고 있었다.

위이이잉!

그때 돌연 상태창 시계가 울렸다.

류신이 이마를 구기며 바라보자 갱신된 내용이 떠올랐다.

"으음? 탑의 기록이 깨졌다고?"

권왕 류신은 그 이름처럼 솔로몬의 전당에 수없이 이름을 남겼다.

그러나 기록이 깨지는 일은 좀처럼 없었다.

물론 깨져도 그다지 신경 쓰지 않았다. 어차피 다 그놈이 그놈이기 때문이다.

하지만…… 갱신된 기록을 보고 류신은 눈을 크게 뜰 수밖에 없었다.

"400명? 이건 또 뭐하는 놈이야?"

떠오른 이름도 'No-name'이다.

의도적으로 스스로를 감췄다는 말.

얼마 전에도 이와 같은 일이 있었다. 사원에서의 사냥 기록이 깨졌다며 알림이 뜬 것이다.

그때도 'No-name'이 1위를 차지했다. 같은 사람일 가능성이 다분하였다.

"나보다 미친 것 같은 놈은 오랜만에 보는군."

류신은 스스로가 정상이 아닌 걸 알고 있었다. 그런데 이 놈은 더 어처구니가 없었다.

류신 본인의 기록이 111명인데 이놈은 400명을 죽였단다.

냉정하게 이름을 감추는 기지까지 발휘하면서.

'햐!'

대체 누굴까?

흥미가 동했다.

"사원이면 곧 게이트를 넘어서 대도시로 오겠지. 구경이나 가 볼까?"

중요한 시련이 있었지만 류신은 마음 가는 대로 행동하는 자다.

궁금증이 생기면 당장에 풀어야만 했다.

모습을 감추고 있대도 미친놈은 미친놈을 알아보는 법이다. 어쩌면 놈의 정체를 알아낼 수 있는 건 자신뿐일지도 모른다.

대도시의 출입을 금지당했지만…… 류신은 어깨를 으쓱했다.

그는 권왕이다.

왕의 칭호를 단 몇 안 되는 자.

그리고 왕이 가는 길은 누구도 막을 수 없었다.

탑의 바깥으로 이동된 건 무영만이 아니었다.

펄럭!

지옥마가 잠시 투레질을 하더니 날개를 활짝 펼치곤 하늘로 날아가 버린 것이다.

무영은 크게 신경 쓰지 않았다.

근처를 배회하며 지켜보고 있을 터였다.

아니라면 무영이 도움을 청했을 때 바로 달려올 수 없다.

'미치광이 군주의 세트라.'

지옥마에 정신이 팔려 있었지만 그 못지않게 탑에서 얻은 세 가지 장비도 중요했다.

하지만 미치광이 군주라는 이름의 세트일 줄은 생각도 못 하고 있었다.

하물며 탑에서 세 가지나 얻을 수 있었다니.

200명, 250명, 300명을 달성했을 때 각각의 보상이 주어지는 듯했다.

'세트라고 칭해지는 물건을 모으면 등급 이상의 효과를 발휘하지.'

보통은 전설적인 누군가가 착용한 물건들이 '세트' 판정을 받게 되어 있었다.

그만큼 희귀하며 찾기도 어렵다는 뜻이다.

사원에선 절대로 얻을 수 없는 종류의 장비.

장비들을 가만히 주시하자 관련된 정보가 떠올랐다.

명칭: 미치광이 군주의 반지

등급: A

분류: 장착형

내구: 25,000

효과: 모든 능력치+4, 죽음에 가까워졌을 때 체력을 소모하여 '광

전사'가 된다.

명칭: 미치광이 군주의 투구
등급: B++
분류: 장착형
내구: 25,000
효과: 모든 능력치+3, 체력+5

명칭: 미치광이 군주의 망토
등급: B++
분류: 장착형
내구: 25,000
효과: 모든 능력치+3, 체력+5

*** 세트 효과(3/3):** 모든 능력치+5, '광전사'가 되어도 체력을 소모하지 않는다.

'하!'

무영은 눈을 깜빡였다.

장비마다 모든 능력치가 붙어 있었다.

모든 능력치는 새롭게 개화된 능력치마저 올려주기에 굉장히 중요한 특성이었다.

이 특성이 달려 있는 무구는 같은 급에서도 최상으로 취급받는다.

한데 그 수치를 더하면 무려 15다. 체력도 10이나 붙어 있었다.

어지간한 A급 무구 몇 개를 합친 것보다 낫다.

이곳 푸른 사원에서 얻을 수 있는 최강 무구라 봐도 손색이 없었다.

'벤이 미쳐 날뛰었던 게 이 효과 때문인가 보군.'

도살자 벤.

또 다른 별명으로는 인간 백정 등으로 불렸다.

광전사.

이름처럼 미친 전사가 되는 것이다.

체력에 따라서 지속 효과가 주어진다지만 정신에도 관여를 해서 이런 종류의 효과나 스킬을 가진 무언가를 사용할 땐 주의해야 한다.

정신력이 약한 자는 잡아먹힐 수도 있다.

특히 죽을 정도의 타격을 입었을 때 발휘되는 것 같으니 더 조심해야 했다.

도살자 벤도 광전사가 되어서 결국에는 반쯤 미치지 않았던가.

'한 방 역전의 패.'

체력의 소모로 자멸하긴 했지만 광전사가 된 덕택에 무영도 암살 도중 죽을 위기를 한 차례 겪었다.

수십 번은 죽을 타격을 입었는데 끝까지 무영을 물고 늘어진 것이다.

불사신이 따로 없다고 여겼는데 그 이유가 반지에 숨겨져 있었다.

무영은 망설임 없이 손에 쥔 세 가지 장비를 모두 착용했다.

이윽고 전신에서 힘이 솟아올랐다. 시야가 넓어지고 감각이 훨씬 예민해졌다.

깊은 고양감.

무엇이든 할 수 있고 뭐든지 이뤄낼 수 있을 것만 같았다.

'남은 반지는 두 개.'

미치광이 군주의 반지는 S급 무기인 '디아블로스'를 얻는데 필요한 열쇠다.

그리고 그 열쇠는 모두 세 개의 반지로 이루어져 있었다.

'오리스의 신좌, 하멜의 룬 반지. 반드시 찾는다.'

나머지 두 개가 어디에 있는지도 알고 있었다.

다소 시간이 걸리겠지만 그 두 개도 모두 독식할 생각이었다.

무영은 스스로의 변화를 확인하고자 상태창 시계를 돌렸다.

전승 효과 -> 비탄의 그레모리(A, 모든 능력치+3)

직업 효과 -> 데스 로드(Lord class, 죽음의 지배자)

능력치 -〉

힘 64(38+26)

민첩 59(41+18)

체력 66(38+28)

지능 35(17+18)

지혜 35(17+18)

투기 40(22+18)

마법 저항 28(10+18)

특이사항 : 투기에 눈을 떴습니다.

착용&적용 중인 무구 : 비탄(힘+5), 괴력의 가죽 갑옷(힘+3), 미치광이 군주 세트(모든 능력치+15, 체력+10)

사원에서 한 달도 안 된 초보자가 가질 수 있는 능력치는 결코 아니었다.

아무리 빨라도 마계에서 1, 2년 이상은 생활해야 겨우 도달할 수 있는 수준이다.

장비의 도움이 크긴 했지만 노력 없이는 얻을 수 없는 것들이다.

장비 역시 무영의 '힘'이라 칭할 수 있었다.

"형님! 나오셨군요!"

사원의 입구 쪽에서 다수의 사람이 모습을 보였다.

김태환과 강백수, 배수지를 비롯한 열댓 명의 인원이 뭉쳐 있었다.

숲으로 들어가 사냥을 마치고 왔는지 엉망진창이었다.

멧돼지를 잡거나 약초 따위를 채집하고 돌아온 것이다.

"꼴이 말이 아니군."

"형님은 굉장히 멋있어지셨습니다."

가까이 다가온 김태환이 무영의 전신을 훑고는 감탄했다.

미치광이 군주의 장비는 모두 피와 같이 붉었다.

특히 투구는 얼굴을 가리는 데다 날개깃과 같은 게 양옆으로 나 있어서 확실히 눈에 띄긴 하였다.

'법보화하고 필요할 때만 사용해야겠어.'

게이트를 넘어 마계의 '대도시'에 도착하면 눈에 크게 띄어서 좋을 게 없었다.

수만 명이 도착하는 큰 이벤트지만 미치광이 군주의 장비는 유독 눈에 띄는 색깔과 형태를 가지고 있었다.

'전당에 오른 자를 찾고자 몇몇 길드와 세가가 눈에 불을 켤 것이다.'

뻔한 수순이었다.

무영이 솔로몬의 전당에 신기록을 경신한 게 한두 개던가.

미치광이 군주의 장비를 그대로 입고 있으면 용의선상 가장 위에 오를 수밖에 없었다.

무영은 가만히 사람들을 바라봤다.

'위장술을 펼쳐야겠군.'

스스로를 감추고 다른 이들을 부각시킨다.

무영은 고개를 끄덕이며 말했다.

“할 얘기가 있다.”

지글지글!

모닥불 위로 잡아온 멧돼지를 올리고 몇 가지 약초를 더해 구웠다.

그 주변으로 사람들이 모이자 무영은 즉시 이야기를 시작했다.

“이틀 후, 문이 열릴 것이다.”

강백수가 깜짝 놀라선 되물었다.

“문이요? 호, 혹시 원래 세상으로 돌아갈 수 있는 문입니까?”

“아니다. 지금 이곳보다 더한 지옥으로 향하는 문이다.”

“예……? 그럼 안 들어가면 되는 거 아닙니까?”

“사원으로 매일 정해진 숫자의 괴물만 들어오는 이유가 뭔지 아나?”

“모르겠습니다.”

“눈에 보이지 않는 보호막이 쳐져 있어서다. 그리고 이틀이 지나면 그 보호막이 사라진다. 매일 천이 넘는 괴물이 들락거리겠지.”

그리 되면 아무도 버틸 수 없다.

어쩔 수 없이 게이트를 넘게 되는 것이다.

모두의 눈에 경악이 서렸다.

이런 이야기는 여태껏 들어본 적이 없었다.

굳이 말할 필요를 느끼지 못해서 무영도 얘기하지 않았다.

"문을 넘어가면 수많은 사람과 만나게 될 거다. 그들은 모두 적이라고 생각하는 게 좋다. 약한 자는 바로 사냥당할 터이니."

다달이 많게는 수만 명의 사람이 게이트를 넘어온다.

하지만 마계의 자원은 한정적이다. 매우 척박한 장소여서 그들 모두를 먹여 살릴 수가 없다.

필연적으로 '가지치기'를 행하게 된다.

그대로 놔두면 되지 않겠느냐고 생각할 수도 있겠지만, 기득권의 괴물들은 모든 경우의 수가 자신의 손에 있기를 바란다.

필요한 인원만 수용하고 나머지는 버리는 게 그 탓이었다.

웃기지도 않은 일이지만, 마계는 그처럼 극단적인 환경에 놓여 있었다.

"죽기 싫으면 나를 따라와라. 숲을 돌며 장비를 구하겠다."

다른 이들의 평균적인 장비 레벨을 올려놓으면 무영의 존재가 약간은 가려지고 이외에도 유용하게 사용할 수 있으리라고 판단했다.

어차피 게이트를 넘어가면 끼리끼리 뭉쳐서 움직이게 되어 있다.

무영 혼자 다른 무리 몇 개를 합한 힘을 발휘할 순 있지만 그래선 너무 눈에 띄게 된다.

무영은 적당히 취할 것만 취하고 대도시를 빠져나갈 셈이었다.

“이틀 뒤에 문이 열린다고 하지 않았습니까? 시간이 충분할지 모르겠습니다.”

이번엔 김태환이 물었다.

무영은 고개를 끄덕였다.

적당한 무장은 숲에 널려 있다.

사냥 지도가 있는 이상 길을 헤맬 이유도 없고 하급 마수는 더는 무영의 상대가 아니었다.

다른 사람들도 적당히 사냥할 수 있을 정도로 성장은 한 상태였다.

“이틀이면 충분하다.”

무영은 시원스럽게 답했다.

이틀이면 차고 넘쳤다.

멀린과 함께 닥치고 사냥을 했을 때처럼 1분 1초도 쉬지 않고 움직이면 이들 모두의 장비를 적당히 맞출 수 있었다.

고작 이틀을 사냥하는 것쯤이야 무영에겐 숨 쉬는 일처럼 간단했다.

반대로 다른 이들에겐 지옥 같은 행군이 되겠지만…….

"따라가겠습니다."

모두의 리더였던 김태환이 무영에게 잠시 자리를 넘겼다.

생존을 위해선 무영의 말을 따르는 게 가장 낫다는 걸 그간의 경험으로 인지하고 있었기 때문이다.

"헉, 헉, 헉!"

"이건, 미친, 짓이야!"

만 하루가 지난 시점에서 모두 무언가가 잘못됐음을 깨달았다.

먹는 시간, 쉬는 시간, 심지어 싸는 시간마저 줄여가며 미칠 듯한 강행군이 계속된 것이다.

반면에 무영은 별다른 변화가 없어 보였다.

평소와 같이 무표정하기 이를 데 없는 얼굴로 싸움에 임할 따름이었다.

'괴물……!'

딱히 다른 단어가 필요 없었다.

그렇다고 멈춰 설 수도 없는 노릇이다.

그가 뒤처지는 사람을 챙겨줄 정도로 자상한 인물이 아니라는 건 모두가 안다.

숲에서 방치당하는 건 죽는다는 의미와 일맥상통했다.
자기 목숨 아까운 줄 아는 사람들은 내심 불만을 토하면서도 무영의 뒤를 따라갔다.
“여기 있군.”
무영은 숲이나 동굴 따위에 있는 법보를 귀신같이 찾아냈다.
마치 뭐가 어디에 있는지 아는 것만 같은 움직임으로.
실제로도 알고 있긴 했지만 김태환을 비롯한 사람들은 그저 무영을 신기하게 바라볼 뿐이었다.
시간이 지날수록 한 명, 한 명의 무장이 갖춰져 갔다.
‘점보 개미지옥의 구역.’
현재 무영과 사람들이 있는 장소였다.
한 발 잘못 디디면 그대로 개미지옥에 빠져 죽지만 무영은 모래 구덩이 아래 숨긴 녀석들의 기척을 읽을 수 있었다.
개미지옥이 없는 길로 걸으며 유유히 얻을 것만 얻고 빠져나가는 게 가능한 것이다.
무영은 법보 안에 저장된 무구를 보곤 고개를 끄덕였다.
‘뿔 투구와 사슬 갑옷.’
C급 장비다.
무영이 사용하기엔 등급도 낮고 무겁다.
하지만 사원에서 구할 수 있는 일반적인 등급치곤 나름 괜찮은 편이었다.

"네가 써라."

휙! 하고 던지자 근처에 있던 덩치 좋은 남자가 받았다.

무영은 몸을 돌렸다.

알고 있는 지식을 최대한 활용한다.

하지만 무영이라고 모든 걸 알 수는 없었다.

큰 줄기를 따르는 대부분은 기억하지만 자잘한 위치까지 기억하진 못했다.

그래서 무영은 주변을 전부 도는 것을 택했다.

숲은 생각처럼 그렇게 넓지가 않다.

자정마다 지형이 바뀌어서 넓어 보이는 거지 길만 제대로 알면 오 일이면 한 바퀴를 돌 수가 있다.

물론 이제 하루가 남은 상황에서 한 바퀴를 도는 건 무리지만 띄엄띄엄 남아 있는 기억만으로도 적당한 선에서 열댓 명의 장비를 맞출 수준은 되었다.

'가장 많은 종류의 괴물을 처치하면 정보 왜곡의 법보를 얻을 수 있지.'

그리고 또 다른 속셈도 있었다.

마계에서 활동할 방법을 강구하던 도중 떠올린 방법 중 하나.

정보 왜곡의 법보!

마계에는 누군가의 정보를 알아내는 데 특화된 능력자들이 있었다.

무영이 아무리 스스로를 숨기려 해도 그들은 그저 보는 것만으로 정보를 읽어낸다.

그들의 눈만 피할 수 있으면 모든 일을 끝낼 시간을 벌 수 있으리라 판단했고 그 결과 정보 왜곡의 법보에 도달한 것이었다.

정보 왜곡의 법보는 무영이 설정한 만큼의 정보만 그들에게 읽히게 하는 일종의 트릭이다.

매우 희귀해서 아는 자도 극소수였다.

상식적으로 초보자가 그런 걸 갖고 있으리라 생각하는 사람은 없을 것이다.

'그들은 드러내놓고 움직일 수가 없지.'

무영을 찾으려 하는 자는 반드시 있다.

하나, 모든 길드와 세가는 서로를 견제한다.

어떤 거대한 집단이 무영을 찾으려는 기색을 내비치면 이유를 몰라도 다른 집단이 견제하게 되어 있다.

마계는 그런 곳이다.

누구 하나가 잘되는 꼴을 못 본다.

당연히 소수로 은밀하게 움직일 수밖에 없는데 그럴 때 가장 효율적인 게 정보 계열의 능력자를 사용하는 것이었다.

보기만 하면 파악할 수 있으니까.

강한 자들만 추려서 'No-name'이 누군지 알아내려고 들 터.

정보 왜곡의 법보는 그들의 눈을 피할 비장의 한 수였다.

거기다가 다른 이들을 부각시켜 더욱 헷갈리게 만든다.

무영이 노리는 건 모두를 속이는 것보단 시간을 버는 데 있었다.

처음부터 모두를 100% 속일 수 있다는 안일한 생각 따윈 하지도 않았다.

다만, 그들이 그런 식으로 무의미한 시간을 소모하고 있을 때 무영은 얻고자 하는 것만 얻고 유유히 대도시를 빠져나갈 계획이었다.

'하늘 도서관은 반드시 들어가야 한다.'

하늘 도서관.

그곳은 방대한 지식의 창구다.

초보자들이 막 마계로 도착하면 지식을 얻는 장소.

지금은 의미가 변질됐지만 어쨌든 그 중요성 때문에 하늘 도서관이 있는 장소에 대도시가 지어졌다고 해도 과언이 아니다.

하지만 도서관은 매일 정해진 숫자만 들어갈 수 있었다.

그렇기에 초보자의 경우 '가지치기'의 시련에서 높은 성적을 내야 했다.

'하늘의 눈.'

앞으로 무영이 움직이는 데 크게 도움이 될 스킬이다.

일반적인 정보 계통 스킬 따위는 비교할 수 없을 정도로 값지다.

하늘의 눈은 하늘 도서관에 있는 지식이라면 모든 걸 알 수 있고 읽어낼 수 있도록 도와준다.

당연히 하늘 도서관에서만 얻는 게 가능했다.

"바로 움직이겠다."

"으어어억……!"

부서질 것만 같은 다리를 부여잡으며 모두가 이동을 시작했다.

쉿!

무영은 조용히 검지를 코끝에 가져다 댔다.

그러자 모든 이가 숨을 죽이며 앞으로 시선을 줬다.

자이언트 레오가 바위 위에 앉아 낮잠을 즐기는 중이었다.

'연식이 있어서 무리를 나온 녀석이군.'

갈기의 색깔이나 풍성함을 보면 대략적인 나이를 유추할 수 있었다.

본래 자이언트 레오는 집단생활을 하지만 나이가 들면 무리를 빠져나와 혼자서 행동한다.

물론 무시할 순 없다.

이 숲의 최강자가 자이언트 레오다.

먹이사슬의 종점에서 숲의 괴물들을 압살하는 괴물.

두 번째 보스전에서 자이언트 레오의 냄새를 풍긴 것만으로 샴바들이 주춤한 걸 생각하면 놈이 얼마나 극악무도한 녀석인지 알 수 있다.

'혼자서도 가능하다.'

하지만 지금의 무영에겐 상대가 안 된다.

미치광이 군주 세트와 언데드면 여유롭게 사냥할 수 있다는 결론을 내렸다.

하나 무영은 직접 나설 생각이 없었다.

'강한 적을 상대하는 법.'

원래는 보스전을 치르며 깨달아야 했을 방법이지만 거의 무영 혼자 처리하지 않았던가.

덕분에 그들은 강력한 적을 제대로 상대하는 법을 숙지하지 못했다.

무영은 김태환의 어깨를 살짝 치며 자이언트 레오를 가리켰다.

그러면서 조용히 말했다.

네가 먼저 나가라고.

꿀꺽!

김태환이 긴장하며 척결의 방패를 들었다.

이어 무영은 전원에게 넓게 퍼질 것을 동작으로 명했다.

손짓대로 모두가 움직이며 이윽고 사냥이 시작됐다.

"크아아아아압!"

김태환이 소리를 내지르곤 시선을 빼앗았다.

크롸앙!

단잠을 방해받자 자이언트 레오가 괴성을 내지르며 바위에서 뛰어내렸다.

나머지 근접 계열 전사들은 기회를 엿보면서 뒤를 잡았다.

“사방에서 소리를 질러라.”

자이언트 레오의 영역은 넓다.

무리가 아니라 혼자인 걸 확인했으니 신경 쓸 필요가 없었다.

곧 무영의 명령에 따라서 모든 이가 소리를 지르기 시작했다.

“끄아아악!”

“흐합! 흐하학!”

크롸아앙!

정신이 없었던 것인지 자이언트 레오가 우렁차게 울었다.

“멈추지 마라.”

무영은 그 기세에 압도당한 사람들을 부추겼다.

고작 저런 녀석 한 마리에 쩔쩔매면 마계에선 살아갈 수 없다.

“흐아아아압!”

가장 먼저 움직인 건 역시나 김태환이다.

하지만 그 뒤를 이어서 움직인 게 배수지였다.

배수지는 빛으로 이루어진 여명의 검과 방패를 들고 있었다. 스킬이 좋아서 굳이 장비를 찾는 대열에 합류하지 않아도 됐지만 스스로의 성장을 위해 참여한 것이다.

'나쁘지 않다.'

시크릿 클래스의 위용은 확실히 부각됐다.

나이가 어리다고 마냥 무시할 수준을 뛰어넘어버린 것. 전체적인 전투력 측면에서 어지간한 어른보다 나았다. 경험이 쌓이고 조금 더 모질어지면 훌륭한 전사가 탄생하리라.

"젠장!"

김태환이 욕지거리를 내뱉었다.

자이언트 레오의 발톱에 의해 목덜미를 다쳤기 때문이다.

하지만 당황하지 않고 굳건히 자리를 지켰다. 덕분에 다른 사람들이 공격하는 게 훨씬 수월해졌다.

"헉! 헉!"

"망할, 괴물 놈! 흡!"

그리고 장장 20여 분의 사투를 벌이며 자이언트 레오를 죽이는 데 성공했다.

사냥이 끝났다고 생각한 모두가 자리에 주저앉았다.

심신의 긴장이 풀릴 즈음.

크르릉!

죽은 줄 알았던 자이언트 레오가 김태환의 뒤를 노리고 도약했다.

“……!”

김태환도 그걸 느꼈지만 반응할 시간조차 없었다.

‘이대로 죽는 건가?’

김태환은 눈을 질끈 감았다.

그리고…….

푹!

무언가 박히는 소리와 함께 무영이 말했다.

“나이를 먹은 자이언트 레오는 노련하다. 죽은 척도 할 줄 알지.”

이어서 자이언트 레오의 미간에 꽂힌 단검을 회수했다.

“가, 감사합니다.”

“싸움이 끝났다고 다가 아니다. 끝까지 긴장을 놓지 마라.”

“명심하겠습니다.”

김태환이 무겁게 고개를 끄덕였다.

끝에 가서 긴장을 놓은 건 잘못이긴 하지만 그래도 전체적으로 나쁘지 않다.

이틀 전이었다면 불가능했을 일이다.

각자가 장비를 갖추자 자이언트 레오도 어렵지 않게 사냥이 가능해진 것이다.

‘가지치기의 시련에서 괜찮은 성적을 낼 수 있겠군.’

이 정도면 무난하게 하늘 도서관에 오를 수 있을 듯했다.

평균적인 초보자의 수준보다 훨씬 나았다.

이윽고 허공에 장문의 글자가 떠올랐다.

〈경이적입니다. 신기록이 경신됐습니다.〉

〈솔로몬의 전당에 이름이 밝혀지는 걸 거부하셨습니다.〉

〈1위 무명('No-name') – 121종〉

〈2위 김아인 – 120종〉

〈3위 류신 – 98종〉

'괴물 학자 김아인.'

류신이야 두말할 것도 없지만, 이곳 사원에선 처음 보는 이름이 눈에 들어왔다.

하지만 무영도 익히 알고 있는 여자다.

왜곡의 법보를 얻는 방법도 김아인을 암살함으로써 알게 된 사실이었으니.

괴물을 연구하고 그들과 친해질 방법을 물색한 이상한 여자였다.

〈히스토리에 '푸른 사원: 보다 많은 괴물'이 추가됐습니다.〉

〈전장의 함성, 독 묻은 칼, 무례한 자의 장갑, 명예의 레이피어, 왜곡의 법보 중에서 한 가지를 선택할 수 있습니다.〉

무영은 고민할 것도 없이 왜곡의 법보를 선택했다.

손 위로 노란 부적 하나가 생성되자 무영은 그 자리에서 법보를 사용하였다.

〈왜곡의 법보를 사용합니다.〉

〈사용 가능 횟수 5회〉

〈물건의 은폐, 혹은 상태창 시계에 보이는 능력치 등을 재설정할 수 있습니다. 다만, 어디까지나 '왜곡'이기에 실질적인 능력치의 변화는 없습니다.〉

〈효과는 해제하기 전까지 지속됩니다.〉

미치광이 군주의 세트는 법보화시켜서 무한의 주머니에 넣으면 그만이다. 이후 무한의 주머니 자체를 은폐시키면 누구도 알아볼 수 없다.

남은 건 능력치의 재설정.

'강하지도, 약하지도 않게.'

턱을 쓸며 적당한 수치를 입력했다. 그래 봐야 위장일 뿐이고 무영의 힘이 약해지진 않는다.

〈재설정이 완료되었습니다.〉

짧은 글귀를 확인하고 고개를 주억거렸다.

준비는 다 됐다.

100% 장담할 순 없으나 시간벌이로는 괜찮다.

주변 사람 중 무영이 무엇을 하고, 무엇을 얻었는지 제대로 아는 사람이 있는 것도 아니고 말이다.

이외의 조치도 취해둘 작정이었다. 남은 건 임기응변이면 충분하다고 보았다. 그다지 걱정하진 않았다.

만약의 상황과 마주하더라도 빠져나갈 방법은 많다.

지옥마, 혹은 축지의 법보만 사용해도 위기는 모면할 수 있을 것이다.

자이언트 레오의 영역에 있던 장비를 회수한 뒤 무영은 말했다.

"돌아간다."

이곳에 있는 15인 중 무영에 대해서 그나마 파악하고 있는 사람은 셋뿐이었다.

김태환, 배수지, 그리고 강백수.

모두 '다윗의 별'의 시련을 이겨냈으며 보스전에서 무영과 함께 전선에 섰었다.

덕분에 다른 이들보다 무영을 아는 편이었지만, 그들의 지식은 빙산의 일각에 불과하다.

하지만 약간의 방비는 해두는 게 나았다.

누군가가 작정하고 정보를 캐고자 한다면 이른 시간 내로 무영의 존재가 탄로 날 가능성이 아예 없진 않았던 것이다.

많은 건 필요 없다. 무영은 한 가지만 손보기로 하였다.

'잠재의식.'

인간의 모든 행동에 관여하는 것이 바로 잠재의식이다.

스스로는 눈치채지 못하는, 의식조차 접근할 수 없는 정신의 영역.

정신세계에서 잠재적으로 존재하다가 특정 생각이나 움직임을 보일 때 의식세계로 발현되는 것이 바로 잠재의식이었다.

살수림의 수장 웡 청린은 갖은 기괴한 스킬로 잠재의식을 건드려 살수들을 세뇌했다. 죽음을 두려워하지 않는 꼭두각시로 만들었으며 교묘하게 자신을 지웠다. 그랬기에 웡 청린은 누구의 의식에도 없는 '그림자'로 살아갈 수가 있었다.

무영을 제외한 세상 누구도 웡 청린의 실체를 알 수가 없었던 결정적인 이유다.

웡 청린은 자아조차 지워 버리는 매우 악랄한 방법을 사용했는데 무영 스스로가 한계를 깨뜨리지 못했다면 평생을 인형처럼 살았을 것이었다.

무영은 사라져 가는 자아를 유지하고자 본능에 따라 암살한 대상의 상태창 시계를 훔쳐 그 사람의 히스토리를 읽으며 정신적 방어기제를 쌓았다.

수많은 이야기가 무영의 잠재의식을 조금씩 양지로 끌고

왔기에 무영은 세뇌를 깨버리고 살수림을 지울 수 있었다.

'죽음의 예술' 스킬도 결국은 이야기가 중요하지 않았던가.

어찌 보면 데스 로드 클래스를 얻은 것도 결국은 필연적이지 않았을까 싶다.

어쨌든 웡 청린은 최강의 살수였던 무영의 자의식을 없애고자 잠재의식을 다루는 수많은 방법을 실행했고 무영도 조금씩 그의 수법을 깨달아 가게 되었다.

'2단계까진 가능할 것이다.'

잠재의식을 다루는 방법은 크게 3개의 단계로 나뉜다.

1단계.

표층 의식을 다뤄서 '행동'을 조정한다.

2단계.

특정 행동을 하나의 관념으로 만들어 의식을 바꾼다.

3단계.

무의식의 세계를 넓혀가고 침식한다.

웡 청린은 잠재의식의 3단계를 자유자재로 이용할 수 있었다.

무영은 그중 2단계까지는 가능하리라고 보았다.

2단계까지는 그나마 쉬운 영역에 속해 있었다.

특정 행동을 보일 때 무영의 정보를 발설하지 않게 만들거나 기피하게 하는 정도라면 못할 것도 없었다.

더불어서…… 만약의 사태를 대비해 정신적 방어기제를

미리 쌓게 할 수가 있었다.

'웡 청린의 마수에서 벗어날 유일한 방법이지.'

그다지 좋아하는 행위는 아니지만 이게 최적의 방법이었다.

무영에게도 도움이 되고 이들에게도 나쁠 건 없었다.

웡 청린은 정신을 다루는 대가다.

그의 마수가 피부 끝으로 닿는 일이 생긴다면 약간의 도움쯤은 될 수 있을 것이다.

지능 등이 높은 강자일 경우엔 그럴 필요가 없지만 아직은 약자이기에 미리 대비하고 움직이는 건 당연한 일.

'내 진짜 적은 세상을 변화시킨 마신이다.'

무영은 자신의 목적을 잊지 않았다.

살수림에 대한 증오도 증오지만 그보다 무영은 근본적인 원인을 마신에게 두었다.

인간을 멸망시키려는 마신이 있기에 세상이 변했다고 생각했고 그들을 죽임으로써 '의미 있는 삶'의 최종점을 찍는 게 진정한 목적이었다.

자신을 용사이되 용사가 아니라고 여긴 건 그 길에서 거치적거리는 걸 모두 배제할 작정이었기 때문이다.

설령 과거의 영웅이라 불리던 존재일지라도.

앞을 막지 않는다면 건드리지 않겠으나 걸림돌이 된다면 치우지 않을 이유가 없다.

그렇기에 자신의 정체가 탄로 나는 걸 대수롭지 않게 여졌다.

하늘 도서관에 오를 시간만 벌면 충분하다.

무영은 기본적으로 홀로 행동해 왔다.

그건 앞으로도 마찬가지일 것이다.

만약 마신을 죽이려는 다른 영웅이 있대도 약간의 도움은 줄 수 있을지언정 그들과 힘을 합치진 않을 터였다.

무영은 무영이고 그들은 그들이다.

서로의 방식이 다르니 방해를 안 하는 게 최선이다.

게다가…… 인간 군집이 허무히 무너지는 걸 숱하게 봐오지 않았던가.

무영이 모든 걸 홀로 쟁취하겠다고 다짐한 이유였다.

또한 마계에선 강자가 다수를 이긴다.

진정한 초인이 되어 적을 멸하리라.

'시작해야겠군.'

게이트가 열리기까지 시간이 얼마 남지 않았다.

"히, 맛있니?"

무영과 배수지가 한자리에 앉았다.

배수지는 땃쥐의 제왕 낑낑이와 함께 손가락으로 장난을 치고 있었다.

콩을 맛있게 씹어대는 낑낑이를 보며 꺄르륵 웃었다.

김태환도, 강백수도, 외의 모든 사람이 무영을 대할 때 긴장한다.

하지만 배수지는 다른 이들과 달리 전혀 긴장하지 않았다.

감이 좋은 만큼 무영에게 딱히 적의가 없음을 알아차린 것이다.

본능에 따라서 무영을 따르는 중이었다.

'잠재의식에 파고들기 가장 좋은 형태.'

잠재의식을 다루는 건 아무에게나 행할 수 없다.

웡 청린쯤 되는 수준이 아니라면 말이다.

우선 시전자에 대한 믿음과 신뢰가 있어야 했다.

평범한 돌멩이를 금이라고 말해도 '정말 금일 수도 있겠구나!' 할 수준의.

"생각보다 잘 버티고 있더군."

"정말요? 전 맨날 제가 실수한다고 생각하는데……."

"그 정도 실수는 누구나 한다."

순서를 밟아간다.

가장 먼저 상대의 마음을 여는 게 중요했다.

웡 청린은 환각을 이용했지만 부작용이 너무 크다.

그리고 무영이 하는 말에 딱히 거짓은 없었다.

배수지의 적응력은 발군이라 할 만했다.

어쩌면 어려서 더 받아들이기 쉬웠을 수도 있겠다.

단순한 무력적인 측면도 어지간한 성인보다 낫긴 했다.
나이에 비하면 놀랄 수준.
확실히 앞으로의 성장을 눈여겨볼 만하였다.
"그럼 다행이고요, 히힛."
배수지가 배시시 웃었다.
전과 달리 웃을 정도의 여유는 갖게 되었다는 뜻.
"내가 주의한 말들을 기억하느냐?"
"음, 시계를 남에게 보이지 마라, 확실한 실력을 갖추기 전까진 너무 자신을 드러내지 마라, 하려면 최선을 다해라?"
툭툭 던지듯이 한 말인데 다행히 모두 기억하고 있었다.
무영이 고개를 끄덕이자 배수지가 손뼉을 탁 치며 상태창 시계를 내밀었다.
"맞다. 이상한 스킬이 생겼어요. 설명을 봤는데 단어가 너무 어려워서 모르겠어요."
방금 전 자신이 한 말을 잊은 건가?
보아하니 그런 건 아닌 것 같았다.
그냥 무영을 '남'이라고 여기지를 않는 듯싶었다.
무영은 내심 혀를 차며 건네받은 상태창 시계를 점검했다.

전승 효과 -> 없음
직업 효과 -> 여명의 발키리(Secret, 고난 뒤에 빛이 있으라.)
힘 30

민첩 30

체력 30

지능 30

지혜 30

특이사항 : 없음

스킬 명칭: 여명의 검(D)

설명 – 여명의 검을 소환합니다.

스킬 명칭: 여명의 방패(D)

설명 – 여명의 방패를 소환합니다.

스킬 명칭: 고난과 역경(D)

설명 – 외유내강(外柔內剛). 스킬과 장비 등에 더해진 능력치 효과를 받지 않습니다. 대신 모든 순수 능력치가 빠르게 상승합니다.

'괜찮은 스킬이군.'

예상대로 여명의 발키리 클래스는 모든 능력치를 똑같이 오르게 하는 클래스 효과가 있는 것 같았다.

그러나 무영은 마지막 스킬을 보며 작게 감탄하였다.

무영처럼 뛰어난 장비를 찾아낼 능력이 없다면 그야말로 최고의 스킬이라 할 수 있었다.

다만 무한히 성장할 순 없으므로 후반부로 접어들수록 장비의 필요성이 높아지는데 그때를 어떻게 넘기느냐에 따라서 진정한 강자가 될 수 있느냐 없느냐로 갈릴 듯싶었다.

무영은 시계를 다시 넘기며 단어의 뜻을 말해줬다.

“노력하면 계속 강해진다는 뜻이다.”

“그럼 앞으로 더 도움이 될 수 있겠네요. 낑낑아, 나한테 잘 보여야 해.”

낑낑이의 턱을 쓸며 배수지가 하품을 내뱉었다.

“으음, 그런데 갑자기 졸려요…….”

몽롱하게 눈을 반개한 배수지를 보며 무영은 때가 됐다고 판단했다.

희미하게 풀어놓은 수면 향이 이제야 영향을 끼친 것이다.

“내 손가락을 봐라.”

“네에…….”

오른손의 검지를 내밀고 집중시킨 뒤 무영은 배수지의 미간을 아주 약하고 부드럽게 매만졌다.

의식의 연결이었다.

“집중해라. 너의 의식을 온전히 이 손가락 안에 둬야 할 것이다.”

커다란 변화를 유도할 실력은 되지 않는다.

무영이 할 수 있는 건 의식을 빼낸 뒤 심층 깊은 곳에 있는 무의식에 작은 명령어 두 가지를 심는 정도다.

하나는 무영에 대해서 발설하지 않도록 하는 것이고 다른 하나는 만약의 상황에 대비한 정신적 방어기제를 쌓는 것이었다.

배수지가 몽롱한 표정으로 고개를 끄덕이자 무영은 계속해서 작업을 진행해 나갔다.

쿠르릉!

대지가 흔들렸다.

하늘에선 수많은 별똥별이 떨어졌다.

강렬한 바람이 불어오며 신전의 중심부에 게이트가 열렸다.

"가자."

무영이 앞섰다.

나머지가 잔뜩 긴장한 얼굴로 뒤를 따랐다.

게이트를 넘음과 동시에 약간의 현기증이 머리를 때렸다.

무영은 이마를 짚었고, 머지않아 세상을 잠식한 어둠이 걷히며 현실로 돌아왔다.

"여, 여긴 어디야?"

"웬 사람이 이렇게나 많이……."

곳곳에서 소란이 일었다.

무영은 주변을 둘러봤다.

족히 천 명은 될 법한 사람이 너른 평야에 서 있었다.

'가지치기가 시작됐군.'

과거와는 달라진 점이다.

과거에는 아홉 길드와 오대세가의, 십만에 달하는 인파가 무영을 비롯한 사람들을 맞이했었다.

한데 지금은 별다른 설명도 없이 사람들을 시련의 장소에 떨궈놨다. 심지어 천 명만 있는 걸 보면 여러 개로 쪼개놓은 듯싶었다.

기다리자 다행히 상태창 시계 위로 시련의 내용이 떠올랐다.

〈난투가 시작되었습니다.〉

〈인원이 300명이 되거나 천 명의 사람 속에 섞여 있는 '5명의 심판자' 중 2명 이상을 죽이면 안전한 장소로 이동할 수 있습니다.〉

심판자?

낯선 단어에 고개를 갸웃했지만 머지않아 그 의미를 깨달을 수 있었다.

"내가 바로 심판자다! 이 쓰레기 새끼들아!"

화르르르륵!

이제 열다섯이나 되었을까.

사람들의 중심에 서 있던, 자신을 심판자라 칭한 소년의 몸 전체에 거대한 불꽃이 서렸다.

화룡(火龍)이 수놓인 번쩍이는 투구를 쓰고 기다란 붉은색 창을 손에 쥐고 있었다.

못해도 A등급 이상의 휘황찬란한 무구들.

'화룡세가의 직계로군.'

분명히 무영의 기억 속에 있는 얼굴이었다.

길드는 서양인이, 세가는 대부분 중국이나 동양인이 일군 집단의 총체를 뜻했다.

몇 가지 전통과 명칭을 제외하면 사실 길드나 세가나 다를 건 없었다.

어쨌거나 화룡세가는 오대세가에는 들지 못했지만 그에 준하는 거대 집단이었다.

'심판자라는 게 각 집단의 유망주를 뜻하는 것이었나.'

무영은 피식 웃고 말았다.

이제 보니 각 집단이 서로의 힘을 과시할 겸, 가지치기를 할 겸 시련 안에 유망주를 섞어놓은 모양이었다.

"내 이름은 화룡우! 죽기 싫으면 날 죽여라! 아니면 네놈들은 모두 내 손에 죽는다!"

화르르륵!

화룡우의 창대에서 거친 화염이 솟구쳐 올랐다.

마계의 기득권층이 수십 년간 쌓은 부와 권력의 상징.

눈이 휘둥그레질 만큼의 온갖 보물을 쏟아부어 키운 새끼 괴물의 포효였다.

8장 난투

무영은 다른 네 명의 심판자도 쉽게 알아볼 수 있었다.

동시에 이 장소가 어디인지조차 짐작이 갔다.

너른 평야. 하늘과 태양이 있지만 이곳은 마계가 아니다.

무영은 대기의 공기와 마력의 농도 따위가 마계와 전혀 다름을 알아차렸다.

'시련상자.'

'시련상자'는 사람이 직접 시련의 내용과 보상을 설정해 넣을 수 있는 물건이다.

특정 영역에 들어가면 자동으로 이동되도록 만들어졌고 게이트 앞에 설치하여 넘어오는 사람들을 강제적으로 들여온 것일 테다.

이런 걸 몇 개나 준비한 걸 보면 이번 소환은 제법 공을 들였다고 할 수 있었다.

저 심판자들…… 각 집단의 꼬맹이들은 그 전에 미리 들어와 있던 거겠지.

'집단의 유망주는 간혹 이처럼 시험을 치르곤 했지.'

새롭게 게이트를 넘어온 사람들에게만 시련이 주어지진 않았을 것이다.

분명히 저 다섯 꼬맹이에게도 비슷한 내용이 전달되었을 터.

물론 저 다섯과 이곳에 모인 천 명은 전혀 상황이 다르다.

거의 50년 이상 마계를 주름잡으며 틀을 잡은 기득권층이 상상을 초월하는 보물을 쏟아부어서 만든 게 저 다섯 명이기 때문이다.

특히 세가의 특성상 길드 마스터보다 가주의 권한이 훨씬 높기에 더한 '몰아주기'가 있었을 가능성이 높다.

사실 세가래도 일반적인 뜻과는 조금 달랐다.

세가란 같은 피를 가진 가문을 의미했지만 그들 대부분은 피가 이어지지 않았다.

대신 처음부터 혈족 이상으로 연결되어 이어진 끈끈한 끈이 있었다.

시간이 지날수록 변질되어 갔다 해도, 어쨌든 그랬기에 윗선에 힘을 몰아버리는 것이 가능했던 것이다.

무영은 화룡우에게 시선을 줬다.

화룡세가는 오대세가의 반석에 들어가지 못했고 화룡우는

그걸 못마땅하게 여기고 있었다.
말하자면 열등감 덩어리다.
이번 기회에 자신의 뛰어남을 증명하려고 할 게 분명했다.
화룡우와 다르게 남은 네 명은 아홉 길드나 오대세가의 일원이었으므로.
"벌레보다 못한 놈들! 명심해라! 가만히 있으면 너흰 모두 죽는다!"
화르륵!
창대를 움직일 때마다 강렬한 화염이 주변을 휘감았다.
"끄아아악!"
"내 몸, 내 몸!!"
그리고 순식간에 일곱 명이 재가 되어 산화했다.
어찌해야 하는가?
화룡우는 압도적이었다.
새끼 괴물은 주변으로 화염을 미친 듯이 토해냈다.
하지만 이곳에 모인 사람은 모두 사원에서 한 달을 버텨낸 자들이었다.
갑작스럽긴 했지만 당황하진 않았다.
"뭉칩시다!"
"일단 저놈 먼저 조지고 생각해 보자고."
들고 있는 장비의 수준도 나쁘지 않았다.
심판자 5명에 비할 바는 아니지만 천 명이 뭉치면 충분히 가능한 일이라고 생각했다.

그중 몇 명은 죽음조차 불사하고 있었다.

말 그대로 죽을 정도로 발악해야 살 수 있음을 스스로 깨우친 사람들이다.

아무리 화룡우가 화룡세가의 직계라 하더라도 이제 십 대 중반이었다.

이만한 숫자를 혼자서 상대해 본 경험이 있을 리가 없었다.

밀리지 않는 싸움을 하고 있으나 벌레보다 못하다고 여겼던 사람 다수가 뭉쳐서 대항하자 화룡우는 짐짓 당황할 수밖에 없었다.

"형님, 저희도 합세해야 하는 거 아닙니까?"

뒤에서 김태환이 물었다.

무영은 고개를 저었다.

'아직 네 명이 움직이지 않았다.'

화룡우의 근처에 있는 심판자 네 명.

소년 둘, 소녀 둘.

그들이 아직 움직이지 않았다.

하지만 화룡우가 당하고 있는 걸 가만히 지켜보고 있진 않을 것이다.

이러니저러니 해도 초보자들 따위에게 화룡세가의 직계쯤 되는 사람이 죽었다는 소문이라도 퍼지면 전체의 위상이 낮아지는 법이었으니까.

저들이 모여 있을 때 싸우는 건 미련한 짓이다.
"쟤 왜 저렇게 나대?"
"아…… 귀찮은데."
이윽고 나머지 넷이 움직이기 시작했다.
역시나 화룡우가 당하고 있는 걸 가만히 지켜볼 리 만무하였다.
그들은 마치 산책하러 나가는 것처럼 여유롭게 합세했지만 무기를 든 순간 야차처럼 변했다.
쿵!
콰르릉!
투명한 검이 등을 분리했고 어디선가 떨어진 번개가 광범위하게 사람들을 태웠으며 짐승처럼 네 발로 달리며 전장을 휘젓는 자도 있었다.
뭉쳐서 심판자들을 죽이자고 주장했던 사람들이 가장 먼저 죽었다.
구심점이 사라지자 사람들은 와해될 수밖에 없었다.
도망자가 속출했고…… 무영은 한쪽 손을 들었다.
"물러난다."

평야에도 끝은 있었다.

30분가량을 내리 걷자 보이지 않는 벽이 가로막고 있었다.

무영은 손을 뻗어 투명한 벽을 매만지며 고개를 주억거렸다.

시련상자가 아무리 넓어봐야 이 정도가 한계일 것이었다.

'그 다섯 명 외에 이질적인 느낌이 드는 사람은 없었다.'

무영은 주변에 있는 바위 위에 걸터앉았다.

천 명 모두를 유심히 살폈지만 심판자라고 칭해진 그 꼬맹이들 말고 이질적인 느낌을 풍기는 자는 없었다.

아무리 무영이 과거로 돌아왔대도 특유의 눈썰미는 그대로 간직한 채였다.

무영의 눈마저 속일 수 있을 수준의 누군가가 이런 장소에 있으리란 생각은 들지 않았다.

'다섯 명이 같이 있을 때 노리는 건 어렵다. 한 명, 한 명씩 각개격파를 해야 돼.'

화룡우가 혼자 나대다가 위험한 순간을 경험했듯이 하나하나 따로 제거하면 그나마 희망이 있었다.

"형님, 이대로 가만히 기다리고만 있을 겁니까?"

김태환은 약간 화가 난 모습이었다.

다른 사람들과 힘을 합치지 않고 물러난 게 마음에 들지 않았던 모양.

하지만 300명이 될 때까지 도망만 다니는 것도 나쁜 책은 아니다.

“우리가 합세하면 무언가 바뀌었을 것 같나?”

“해보지도 않고 어떻게 알겠습니까?”

“만용의 대가는 죽음이다. 혼자가 아니라 여기 모인 모두가 죽는다.”

냉정하게 사리분별을 할 줄 아는 것이야말로 마계에서 살아남는 최고의 방안이다.

김태환이 실력 있는 강자라면 모르겠으나 지금 상태에선 헛소리밖에 되지 않는다.

무영은 바위에서 일어나 김태환 옆으로 다가갔다.

“그 장소에서 죽은 사람의 숫자는 대략 100여 명. 나머지 900명이 흩어졌다. 5명으로 900명을 추격하는 건 현실적으로 어려운 일이다. 앞으로 어찌 될 것 같은가?”

“……모르겠습니다.”

“사냥개를 만들어서 풀겠지. 강력한 힘 앞에 굴복하는 자들이 나올 것이다.”

심판자들도 바보는 아니다.

어리지만 나름의 사리분별을 할 줄 알았다.

사냥개를 만들고 그들을 풀어서 사냥하는 게 훨씬 효율적이라는 걸 알고 있으리라.

무영은 앞으로 걸어 나갔다.

김태환을 비롯한 모두의 시선이 무영에게 닿았다.

“어디 가십니까?”

"이곳은 안전한 장소다. 가만히 있으면 300명이 될 때까지도 버틸 수 있을 터."

바위가 많아서 몸을 숨기기 적합한 지대다.

나름 안전한 장소에 대피시켜 준 것으로 무영은 자신이 할 일을 다 했다.

"진정으로 이기고 싶다면 같은 뜻을 가진 사람을 모아라. 나는 따로 움직이겠다."

다시금 리더의 자리를 김태환에게 넘겼다.

시험의 내용이 난투라면, 심판자 다섯이 전부라면 무영에게도 승산이 있었다.

하지만 그 승산을 노리기 위해선 혼자서 움직여야 했다.

'화룡우.'

그 열등감 덩어리는 결코 다른 심판자와 어울리지 못한다.

무리와 떨어진 새끼 괴물이라.

무영에게 있어선 최적의 사냥감과 같았다.

길을 걷는 무영의 눈빛이 한없이 가라앉았다.

무영의 말마따나 심판자들은 사냥개를 구했다.

다섯 명이 함께 나머지 모두를 사냥하는 건 현실적으로 어렵다는 걸 알아차렸기 때문이다.

"빨리 끝내고 나가고 싶다."
"율령 재는 뭐하는 거야?"
"평소의 악취미지, 뭐."
세 명은 느긋하게 하품을 내뱉으며 뒷짐을 지고 있었다.
율령이라 불린 소녀는 스물가량의 사람을 모아놓고 주변에 널린 시체를 번개로 지지며 그들에게 말했다.
"너희는 개야. 개면 주인한테 충성해야 하는 거 알지?"
"왈왈!"
"말 잘 들으면 특별히 너희는 살려줄 거야. 내 애완동물로 삼아줄게."
츠으윽.
율령이 양손에서 둥그런 전기장을 내뿜어 사람들의 목에 심었다.
"'번개 룬'이야. 만약 말을 안 들으면 이게 터지면서 죽을 거야. 이렇게!"
콰앙!
한 명의 목과 머리가 터졌다.
시체가 아니라 살아 있는 사람이었다.
"힉……!"
사람들은 두려움에 몸을 떨었다.
사원에서 만난 괴물과는 비교가 안 되는 진짜 괴물이 그들 앞에 있었다.

율령은 싸늘하게 미소 지었다.

"나쁜 것만은 아니야. 번개 룬이 있으면 신체가 강화되거든? 그러니까…… 흩어져서 벌레들을 밟아버려. 죽기 싫으면."

"와, 왈왈!"

어떻게든 살아남고자 필사적으로 짖어댔다.

이윽고 급조된 사냥개들이 사냥을 나갔다.

뒤에서 그 모습을 지켜보던 심판자들이 대화를 나눴다.

"화룡우는 어디 간 거지?"

"걔한테 협력을 바라는 것 자체가 무리 아니야?"

"화룡우는 놔두고 일단 개를 늘리자고. 서로 불신하게 만들어서 치고받고 싸우는 걸 지켜보는 것도 재미있을 거야."

화룡우는 혼자서 사냥감을 추적하고 있었다.

다른 네 명이 느긋하게 시간을 보내고 있지만 그만큼은 멈춰 서지 않았다.

'멍청한 놈들. 그 느긋함이 목을 조를 거다.'

화룡세가의 직계인 화룡우는 어려서부터 치열하게 살아왔다. 화룡세가를 반석에 올리고자 화룡우는 모진 수련과 고통을 겪어야 했다.

그런 화룡우가 보기에 나머지 넷은 형편없었다.

자신이 강자라고 여겨서 느긋하게 살아가면 발전이 없는 법이었다.

최대한 빠르게 이 시련을 끝낸 뒤 누구보다 자신이 뛰어남을 증명하리라.

그렇게 화룡우가 막 메마른 나무 사이를 걷고 있을 때였다.

파삭.

무언가를 밟았고 그 순간 사방천지에서 수많은 단검이 날아들었다.

휘리릭!

다다다다다닥!

화룡우가 급히 창을 휘둘러 빠르게 회전시키며 단검들을 막았다.

화르르륵!

강렬한 화염이 몰아치자 단검들이 날아오다가 바닥에 떨어졌다.

하지만 그게 끝이 아니었다.

쿠와아앙!

투구에 그러진 화룡이 울부짖었다.

동시에 몸 전체에 화염막이 생성됐다.

착용자의 목숨이 경각에 달했을 때 알려주며 보호해 주는 '화룡의 수호'였다.

"……!"

위험을 알아차린 화룡우가 본능에 따라 창을 돌렸다.

"끅!"

하지만 뒤에서 다가오는 검의 진로를 방해했을 뿐 막을 순 없었다.

어깻죽지가 베여 나갔다.

그나마 화룡의 수호가 아니었다면 치명상을 입을 뻔했다.

"감이 좋군. 게다가 화룡의 수호라."

굵직한 목소리.

화룡우의 미간이 미미하게 떨렸다. 어느새 웬 남자가 뒤에서 있던 것이다.

"네놈…… 뭐냐?"

화룡의 수호가 발동했다는 건 영락없이 죽을 수도 있었다는 뜻이다.

검이 닿지도 않았을 때 죽음이 확정되었다.

전신에서 소름이 돋았다.

함정을 파고 단번에 목숨을 노리는 솜씨.

고수다.

널리고 널린 초보자는 절대로 아니었다.

그러나 대답은 없었다.

칠흑같이 가라앉은 눈빛.

얼굴은 모른다.

남자는 붉은 투구를 쓰고 붉은 망토를 휘날리며 그저 지긋

이 검을 쥐고 있었다.

무영은 가장 많은 무리가 도망간 방향으로 함정을 팠다.
반드시 화룡우가 지나치리라 생각한 지점에서 기척을 죽이고 기다렸다.
완전무장을 갖춘 채로.
'미치광이 군주의 세트.'
모든 능력치+15, 체력+10의 효과와 무시하지 못할 타격을 입었을 때 광전사로 만들어준다.
어지간한 A등급 몇 개를 합친 것보다 낫다.
광전사에 대한 설명은 아래와 같았다.

광전사 – 지속적으로 체력을 소모하여 격노에 휩싸인다. 무작위 능력치 3개가 '15'만큼 상향된다.

세트를 모두 모음으로써 체력의 소모도 막았다.
어느 정도 타격을 입은 상태에선 '광전사화'를 무한히 지속하는 게 가능하다는 말이다.
무영의 스타일과는 딱 맞을지도 모른다.
애당초 싸움에 임할 때 무영은 항상 아슬아슬함을 유지해오지 않았던가.
광전사가 발동될 정도로 몰아붙인다면 더욱 빠른 성장도

가능할 것이었다.

하여튼 무영은 미치광이 군주의 세트를 착용한 상태로 화룡우를 기습했다.

솔직히 반반이라고 보았다.

화룡우는 마계에서 태어나고 자란 2세대다.

그저 마계에 소환된 1세대와는 달리 어려서부터 괴물과 접하며 성장해 온 존재다.

종합적인 요소를 따져 봐도 현재의 무영보단 높은 성장을 이뤘음이 틀림없었다.

그래도 반반이라고 본 건 방심하며 기습을 전혀 염두에 두지 않았으리라고 확신했기 때문이다.

그런데…… 화룡의 수호라.

'싸고도는군.'

화룡의 수호가 얼마나 값진 축복임을 알기에 무영은 혀를 찼다.

직계는 직계라는 건가.

과거 무영의 손은 화룡세가에도 닿았다.

그곳의 가주 '화룡인'을 암살한 게 무영이었다.

당시에도 화룡의 수호가 발동하여 애를 먹었지만 그 화룡의 수호가 걸린 장비를 만드는 데 1년가량이 들어간다는 소리를 얼핏 들은 적이 있었다.

목숨을 한 차례 지켜주는 축복이 어디 흔하겠나.

초보자를 죽이는 시험의 장소에 그런 걸 챙겨준 걸 보면 화룡세가에서 화룡우를 얼마나 밀어주는지 알 수 있었다.

"말해라. 어디서 보낸 살수냐? 청룡세가? 마에스트로 길드?"

화룡우는 얼굴이 잔뜩 경직된 채 물었다.

무영의 입가가 살짝 올라갔다.

하기야 초보자가 자신에게 상처를 입혔다는 걸 받아들일 수 있을 리가 없다.

초보자는 고작해야 한 달 동안 사원에서 지낸다는 걸 화룡우도 알고 있을 터.

"대답 안 하겠다? 좋다. 네놈, 절대로 고이 죽이진 않으마."

화룡우가 창대를 돌렸다.

이글대는 화염이 퍼져 나가며 또 다른 창의 형태가 되었다.

"겨우 B등급 정도의 무장으로 나를 어찌할 수 있을 줄 알았느냐. 내 스킬과 무장은 대부분 A등급……."

차창!

무영이 먼저 움직였다.

비탄이 비스듬하게 창머리를 때렸다.

감각적으로 막아낸 화룡우가 몸을 부르르 떨었다.

말을 끝내기도 전에 공격당할 줄은 몰랐던 것일까.

"말이 많다."

무영이 쐐기를 박았다.

제 잘난 맛에 사는 녀석이니 말이 끊긴 걸로 분개하는 게 당연했다.

"죽엇!"

아무리 스킬과 무장이 좋아도 화룡우의 움직임은 모두 무영이 상정한 범위 내에 있었다.

그럴 수밖에 없는 게 화룡우는 너무 어렸다.

만약 나이가 조금만 더 차서 냉정한 머리를 갖게 되었다면…….

거기까지 생각하다가 무영은 내심 비웃고 말았다.

생각해 보니 화룡우는 화룡인이 죽고 가주 자리를 물려받은 뒤에도 열등감에 휩싸여 있었다.

촤르르륵!

화염으로 이뤄진 창이 주변에 무수히 떨어져 내렸다.

모두 피했지만 전신에 그을음이 남았다.

'화룡비(火龍悲). 예상보다 범위가 넓군.'

화룡우가 가진 스킬이 무엇인지 대부분 알고 있대도 과연 종합적인 능력치와 스킬 랭크의 차이가 나니 꽤 애를 먹을 듯했다.

미치광이 군주 세트를 착용하지 않았으면 힘들 뻔했다.

화룡우은 몇 번이나 화룡비를 쏟아낸 다음에야 이죽거렸다.

"쥐새끼 같은 놈!"

무영은 어깨를 으쓱하며 법보를 꺼냈다.

'빙화의 해골, 왕자와 가신들.'

크득. 크드득.

키이이이익!

법보를 통해 나타난 언데드들이 순식간에 화룡우를 감쌌다.

"시체술사? 어리석긴! 시체 따위가 내 화염을 버텨낼 수 있을 것 같으냐-!"

화룡우가 가소롭다는 듯이 웃으며 창에 화염을 담아 쳐냈다.

하지만 빙화의 해골이 뿜어낸 장막에 그대로 막혔다.

기본적인 상성상 화염은 수(水)의 기운을 가진 것에 상쇄되게 마련이다.

빙화의 해골은 불과 얼음 속성을 지녔고 화룡우와의 상성도 나쁘지 않았다.

"죽여라."

키에에에엑!

그 뒤로 곧장 다크 구울이 30마리의 구울과 함께 합세했다.

이 둘을 보였다는 건 반드시 죽이겠다는 뜻이었다.

"되다 만 시체들 따위가!!"

화룡우의 얼굴이 시뻘겋게 달아올랐다.

자기 마음대로 되는 게 없는 이런 상황 자체가 그에겐 익숙하지 않을 것이었다.

빙화의 해골이 쳐 놓은 장막은 화룡우가 뿜어대는 불길을 약화시켰으며 다크 구울을 비롯한 강화된 구울은 집요하게 화룡우를 괴롭혔다.

그 사이에서 무영은 기척을 감춘 채 움직였다.

난투는 살수가 가장 좋아하는 싸움이다.

누가 누구인지 구분조차 힘든 상황에서 그림자처럼 다가가 대상의 목을 꿰뚫는다.

천천히. 맹점(盲點)을 파고든다.

무영은 분명히 바로 앞에 존재하고 있으나 시야 바깥에 있었다.

아무리 좋은 무장과 스킬로 가득 채웠다고 해도 화룡우는 어리고 경험이 적었다.

진짜 살수를 상대하는 법까지 익힐 시간은 없었으리라.

푸욱!

"끄윽!"

치명상을 빗겨갔다.

그러나 아까 전 내었던 상처를 정확히 노려 깊이 파냈다.

'역시 감이 좋군.'

본능적으로 죽음을 회피하는 감 자체는 매우 뛰어나다고 할 수 있었다.

무영이 전성기 시절의 상태였다면 결코 있을 수 없는 일이지만 그래도 놀랍다.

이와 같은 상황이 몇 번이나 반복되자 결국 부아가 치민 화룡우가 창을 높이 들었다.

"전부 다 죽여 버리겠다! 화룡의 포효!"

지이이이이이이잉!

하늘이 붉게 물든다.

화염을 잔뜩 담은 구름이 생성되어 지상을 지옥의 불길로 달구었다.

화룡세가만이 가진 유니크 스킬.

화룡의 포효였다.

하지만 저 스킬은 양날의 검이다.

무지막지한 파괴력을 지녔지만 사용자도 무사하지 못한다.

'나를 덮어라.'

무영은 즉시 언데드들에게 명령했다.

미친 듯이 달려온 구울들이 무영을 감쌌다.

쿵! 화르르르륵!

지옥의 불길이 지상으로 끊임없이 떨어져 내렸다.

빙화의 해골이 장막을 쳤지만 역부족이었다.

구울들이 타올랐고 무영도 아주 무사할 순 없었다.

〈'광전사'가 발동됐습니다.〉

〈광전사가 발동하는 동안 능력치가 힘 64 —〉 79, 민첩 59 —〉 74, 마법 저항 40 —〉 55로 조정됩니다.〉

화룡의 포효의 지속 시간이 끝난 후 무영은 새까맣게 타버린 구울을 밀치며 바깥으로 나왔다.
화룡우 역시 만신창이가 된 몸으로 무영을 바라보고 있었다.
질렸다는 듯이.
다크 구울을 비롯한 6기의 구울은 멀쩡했다.
빙화의 해골은 안타깝지만 부서졌다.
쯧!
무영은 혀를 차며 비탄을 쥐었다.
광전사가 발동되었기 때문일까?
세상이 붉게 물들고 전투 의지가 충만해졌다.
무시하지 못할 상처를 입었음에도 고통이 전혀 느껴지지 않았다.
싸우고 싶다.
죽이고 싶다!
"네놈……."
뚜벅!
무영이 움직였다.
쌔에에엥!
촤아앙!
무영은 태풍이었다.
"이익……!"
모든 걸 쏟아부어도 죽지 않는 무영에게 화룡우는 겁을 먹었다.

그 순간 싸움은 끝난 것과 같았다.

화룡우가 정신을 잃었다.

온몸이 난도질을 당한 상태.

죽지 않은 게 신기할 지경이지만 의도한 것이다.

무영은 겨우 화룡우를 죽이지 않을 수 있었다.

광전사 효과로 인해 강렬한 살인 욕구가 드는 걸 억지로 인내했다.

이런 욕구 따위에 먹힐 정도로 무영의 인내심은 허약하지 않았다.

'살아 있는 시체로 만든다.'

생시(生屍).

무영은 화룡우를 반쯤 살아 있는 언데드로 부릴 작정이었다.

해본 적은 없으나 도전할 만한 가치는 있다고 판단했다.

화룡우를 생시로 만들 수만 있다면 쓰임새가 매우 많았다.

'시련상자의 눈을 속일 수 있을 것이다.'

무영은 시련상자가 가진 맹점을 정확히 이해하고 있었다.

다른 평범한 시련과 달리 시련상자는 사람이 시련의 내용과 보상을 정하게 되어 있다.

당연히 세부적인 사항에서 부족할 수밖에 없었다.

생시가 된 화룡우가 다른 심판자 넷을 죽여도 보상은 무영이 아닌 화룡우가 받게 되어 있었다.

무영 스스로의 존재를 숨길 수 있고 보상도 낚아챌 수 있으니 일석이조였다.

화룡우는 현재 죽음의 경계에 있었다.

과연 이 상태로 언데드를 만들 수 있을 것인가.

무영은 화룡우의 손목에서 상태창 시계를 따로 빼낸 뒤 빠르게 히스토리를 읽었다.

'별 내용이 없군.'

화룡우는 그야말로 누군가가 닦아온 길을 걸으며 그 길을 자신이 만들었다고 착각하는 전형적인 부류였다.

부전자전이라.

그런 주제에 현실을 인지하지 못하고 열등감에 쌓여 있었으니 이 삐뚤어진 성격은 화룡인과 굉장히 닮았다.

때문에 히스토리에서도 별로 건질 게 없었다.

하는 수 없이 '죽음의 예술' 스킬을 발동시켰다.

곧 검은 기류가 화룡우의 몸에 닿았다.

〈새로운 도전! 죽음의 경계를 새롭게 해석해 냈습니다.〉

〈'데스 로드'가 사용자의 도전 정신을 높게 삽니다.〉

〈예술 점수 80점! 뛰어난 작품이 완성되었습니다!〉

이름: 화염의 창병

레벨: 78

성향: 다크 워리어

힘 87(77+10)

민첩 85(75+10)

체력 88(78+10)

지능 71(61+10)

지혜 76(66+10)

화염력 80(70+10)

+뛰어난 무장 상태(모든 능력치+10).

+높은 화염 저항.

+높은 신성 저항.

+화염비, 화염의 포효, 화염의 창 스킬 사용 가능.

+위험 감지.

+반 시체. 썩지 않는다.

〈스킬, '죽음의 예술' 랭크가 D —〉 C로 변경되었습니다.〉

〈스킬, '영혼 착취'가 생성되었습니다.〉

무영은 생성된 언데드의 능력에 제법 놀라고 말았다.

기본적인 능력치 자체가 무영보다 뛰어남은 알고 있었다.

만약 무영이 화룡우가 사용할 스킬이나 움직임 등을 읽지 못했다면 그대로 패배했을 터였다.

한데, 생전과 비교해도 별다른 손실 없이 완성되었다.

보통 네크로맨서가 언데드를 만들 때 능력치나 스킬을 그대로 가져오는 경우는 매우 드물었다.

소재 자체가 데스나이트를 만들 수 있을 정도는 되어야 가능한 경우였다.

데스 나이트.

언데드 종류로선 최상급의 괴물이다.

그야말로 죽음 그 자체에 도달한 강력하기 짝이 없는 기사.

하지만 데스 나이트가 될 정도의 소재는 한정적이다.

거대 길드나 세가의 주인쯤은 되어야 할까.

만들 수만 있다면 일만 대군이 두렵지 않겠지만…….

당연히 화룡우는 소재로써 그에 한참 못 미쳤다.

높은 예술 점수와 죽음의 예술의 스킬 랭크가 올라가며 빚어진 현상인 듯싶었다.

'영혼 착취?'

하물며 새로운 스킬도 생겨났다.

처음 들어보는 명칭.

무영이 막 의아해하고 있을 때였다.

휘이이잉.

화룡우가 입었던 상처가 빠르게 치유되며 천천히 신체를

들어 올렸다.

그 위로 영롱한 빛 하나가 떠올라 있었다.

화염의 창병으로 거듭나서인가?

하지만 영롱한 빛은 다른 언데드 위에도 떠 있었다.

'스킬의 영향이로군.'

영혼 착취 스킬이 가진 특성 때문에 저 빛이 보이는 것 같았다.

무영은 즉시 상태창 시계를 돌려 새로 생긴 스킬을 확인해 보았다.

스킬 명칭: 영혼 착취(F)

설명 – 예술 점수 70점 이상의 언데드를 흡수해 자신의 능력치로 만든다. 매우 낮은 확률로 언데드의 스킬 중 하나를 가져올 수 있다.

예술 점수, 스킬 랭크, 언데드를 만든 소재의 특성별로 효율이 상이하다.

무영의 미간이 미미하게 흔들렸다.

'허.'

화염의 창병을 만들고도 이처럼 놀라지는 않았다.

화룡우라는 소재는 나름 상급으로 분류될 수 있었지만 언데드는 그 특성상 한번 만들어지면 성장하지 않는다.

네크로맨서가 직접 마법적인 조치를 취하거나 장비, 합성 등을 통해서나 강화시킬 수 있었다.

물론 성장하는 언데드가 아예 없다고는 할 수 없으나 매우 희귀했다.

결국 대부분의 언데드는 언젠가 폐기할 시점이 다가오는데 그때 이 영혼 착취 스킬이 유용하게 사용될 것 같았다.

'스킬도 가져온다…… 라.'

무영은 뒤에 붙은 설명에 더욱 집중했다.

낮은 확률이긴 해도 언데드에게 부여된 스킬을 가져온다고 한다.

죽음의 예술로 만들어진 언데드는 대부분 살아 있을 때의 중요 스킬을 유지하고 있었다.

말인즉, 아주 좋은 스킬을 가진 누군가를 언데드로 만들면 그 언데드에 영혼 착취를 걸어서 알맹이만 빼오는 것도 가능하다는 뜻이다.

어디까지나 낮은 확률이 통했을 때의 이야기지만…….

하지만 한 번 걸면 언데드로서의 가치를 잃는다.

어디까지나 폐기 직전의 것에게만 사용할 수 있을 듯싶었다.

'빙화의 해골.'

무영은 고개를 돌렸다.

반쯤 부서진 빙화의 해골이 고개를 푹 숙인 채 바로 옆에 있었다.

하나 그 위에도 분명히 영롱한 빛이 떠올랐다.

영혼 착취가 가능한 상태였다.

빛은 조금씩 희미해져서 시간이 지나면 아예 사용할 수 없을 것 같았다.

'영혼 착취.'

무영은 빙화의 해골에게 다가가 스킬을 사용하였다.

곧 푸르른 빛이 무영의 손에서 튀어나오며 빙화의 해골 위에 떠오른 빛을 낚아챘다.

〈예술 점수 71점이 부여된 작품입니다.〉

〈소재와 스킬 랭크의 검토 결과 능력치 종합의 4%에 달하는 수치를 착취합니다.〉

〈'빙화의 해골'이 가진 능력치 총합은 '187'입니다.〉

〈이 중 '7'의 능력치가 무작위로 분배됩니다.〉

〈힘 1, 민첩 2, 지능 1, 투기 1, 마법 저항 2가 상승했습니다.〉

아쉽게도 스킬은 가져오지 못한 듯싶었다.

하기야 매우 낮은 확률이라 했으니 쉽게 되면 그게 더 이상하긴 했다.

능력치 총합으로 따져서 가져오는 것도 제법 눈길을 끌었다.

상위 소재로 만든 언데드일 경우 여러 가지 능력치를 개화시킨 경우가 많았다.

그들에게 영혼 착취를 걸면 같은 효율로도 훨씬 많은 능력치를 가져올 수 있을 것이다.

'체력이 회복됐다.'

한 가지 더.

신체가 강해진 건 피부로 느껴졌다.

하지만 다른 효과도 있었다.

화룡우와 전투를 치르며 당했던 부상이 실시간으로 나았다.

'영혼 착취 스킬이 상처도 회복시켜 주는 모양이군.'

무영은 고개를 주억거렸다.

죽음의 예술 스킬이 C등급으로 오르며 나타난 스킬은 사용하기에 따라서 굉장한 스킬이 될 수도 있을 것 같았다.

적어도 평범한 네크로맨서가 가진 스킬보다 한두 단계는 더 격이 높다고 단언할 수 있었다.

몸의 움직임이 자유로워지자 무영은 올라간 수치를 확인하고자 상태창 시계를 돌렸다.

전승 효과 -> 비탄의 그레모리(A, 모든 능력치+3)

직업 효과 -> 데스 로드(Lord class, 죽음의 지배자)

능력치 ->

힘 67(41+26)

민첩 61(43+18)

체력 67(39+28)

지능 36(18+18)

지혜 35(17+18)

투기 42(24+18)

마법 저항 30(12+18)

특이사항 : 투기에 눈을 떴습니다.

착용&적용 중인 무구 : 비탄(힘+5), 괴력의 가죽 갑옷(힘+3), 미치광이 군주 세트(모든 능력치+15, 체력+10)

'순수 능력치가 올랐다. 거기다 마법 저항까지.'

보통 스킬이나 장비로 추가되는 능력치는 '보조'로써 취급되게 마련이었다.

저주 계열의 스킬은 대개 이 보조 능력치를 비율로 깎아내리는 경우가 많았다.

또한, 높은 랭크의 '안티 매직 필드' 같은 곳이라도 들어가면 스킬의 효과를 제대로 못 받는 수가 있지만 순수 능력치로 올라간다면 하등 문제가 없는 것이다.

하물며 마법 저항은 여태껏 1의 수치도 올리지 못한 능력치다.

개화는 시켰으되 올리는 방법이 거의 전무했다.

장비나 전승으로 인한 효과로 도움을 받았을 뿐이었는데 드디어 어려움 없이 올릴 방법이 생겼다.

최상위의 강자는 기본적으로 마법 저항에 신경 쓴다.

마계의 특성상 누가 어떤 스킬로 자신을 위협해 올지 모르기 때문이다.

아무리 강해도 방심하면 죽는다.

그랬기에 목표와 능력치 차이가 많이 나더라도 무영이 무수한 암살을 펼칠 수 있었던 것이었다.

턱을 쓸며 잠시 생각에 잠긴 사이 화염의 창병이 본래의 모습을 찾았다.

"주인, 님."

무영은 화염의 창병에게 시선을 줬다.

"말도 할 줄 아는 건가?"

"명령을, 내려주십시오."

반 시체이기 때문일까?

아니면 다른 언데드보다 높은 지능과 지혜 수치를 가져서인가.

무영은 묻지 않을 수 없었다.

"살아 있을 때의 기억이 있나?"

"조금밖에, 없습니다."

흠.

무영은 팔짱을 꼈다.

지능은 충분하지만 기억이 온전하지 않다.

만약 생전의 기억을 그대로 지니고 있었다면 나머지 심판자를 죽이는 데 많은 도움이 될 것이었지만 어중간해서 문제였다.

괜히 언데드인 걸 들키면 화염의 창병을 잃고 경각심만 세워주는 꼴이 될 수도 있었다.

'사용할 수 있겠군.'

그러나…… 모든 길이 막힌 건 아니다.

무영은 작은 설계를 시작했다.

시련상자 안과 밖에서 만들 한 편의 이야기를.

의심을 최소화시키면서 모든 이득을 취할 방법을!

"너는 앞으로 화룡우가 되어야 한다. 그의 말투 정도는 기억할 테지?"

"기억, 합니다. 명을, 따르겠습니다."

말이 뚝뚝 끊어지는 점이 없잖아 있지만 충분하다.

무영은 약간의 뒷정리를 한 뒤 거침없이 발을 옮겼다.

김태환은 선택해야 했다.

안주할지 나아갈지.

그는 리더로서 막중한 책무를 지고 있었다.

김태환의 선택에 따라서 열 명이 넘는 인원이 죽거나 살 것이었다.

'이곳에 있는 게 정말 안전한 걸까?'

바위 지대. 몸을 숨기기엔 확실히 안성맞춤이다.

하지만 300명이 언제 될지는 알 수 없었다.

게다가 숨어만 있는 것도 내키지 않았다.

남의 죽음을 발판 삼아 살아남은들 앞으로도 계속해서 그럴 게 분명했다.

한 번이 어렵지 두 번부턴 쉬운 법이었으므로.

'심판자를 제외한 모두가 같은 편이라고 단정 지을 순 없다.'

무영은 말했다.

힘에 굴복하는 자가 나올 것이라고.

게다가 자신들과 같이 사원에서의 한 달을 겪었다면 마냥 착하기만 한 자들이 모여 있으리란 보장도 없었다.

'이기고 싶다면 힘을 합치라고도 말하셨지.'

무영은 가능성이 없는 이야기는 하지 않는다.

그가 '승리'를 언급했다면 결코 가능성이 0은 아니라는 의미다.

행동에 따라서 결과를 바꿀 수 있다.

그렇다면 움직일 가치가 있다.

김태환이 생각기엔 그랬다.

"심판자와 싸울 사람을 모으려고 합니다. 위험한 일이고 강요하지 않겠습니다. 저와 함께할 분만 따라오셨으면 합니다."

김태환은 어디까지나 정중하게 의견을 물었다.

사지로 들어가는 길인데 억지로 끌고 갈 순 없다고 여겨서다.

당연히 모두가 눈치를 볼 수밖에 없었다.

숨어 있으면 안전한데 굳이 목숨을 내놓을 사람이 있을 리가 있겠는가.

그때 한 명이 손을 들었다.

“같이 가지, 뭐. 여기 가만히 있다고 해서 100% 안전하다는 보장이 없잖아? 그럴 바엔 발악이라도 해보는 게 낫지.”

강백수.

다윗의 별과 두 번의 보스전에서 함께 시련을 돌파한 남자였다.

껄렁껄렁하긴 하지만 믿을 수 있는 사람이었다.

김태환과 강백수는 사원의 실질적인 실력자였다.

두 명이 한 번에 떠나면 그 공백이 너무나도 크다.

강백수가 움직이자 분위기가 조금씩 달라졌다.

그렇게 배수지를 비롯한 총 7명이 뭉쳤고 김태환은 남은 사람들을 나무라지 않았다.

‘선택을 강요할 순 없다.’

이 7명으로 전황을 뒤집어 보리라.

김태환이 무거운 마음으로 바위 지대를 떠났다.

기세 좋게 떠났지만 사람을 찾기부터가 쉽지 않은 일이었다. 설령 찾더라도 김태환을 따르려고 하지 않았다.

고작 7명.
애와 다친 사람도 끼어 있는 조합을 신뢰할 사람은 없었다.
이해할 순 있었다.
심판자가 보인 무력은 상상을 초월했다.
그 장소에선 힘을 합쳐서 대항하고자 하는 것처럼 보였으나 격의 차이를 느끼곤 모두가 꼬리를 말 정도였다.
실제로 사람들의 반응은 한결같았다.
"내가 왜 위험을 무릅써? 숨어 있으면 300명이 될 텐데. 그럼 나갈 수 있는 거 아니야?"
"뭘 믿고 너희를 따라가지? 천 명으로도 어쩌지 못한 괴물들을 고작 7명으로 어쩌겠다고? 같이 개죽음이나 안 당하면 다행이겠다."
맞는 말이었다.
김태환도 그 유혹을 겨우 뿌리치지 않았나.
"겁쟁이 새끼들."
강백수가 이를 갈았다.
'내가 부족해서다.'
그러나 김태환은 자책감이 먼저 들었다.
결국 사람들에게 믿음을 주지 못해서 벌어진 일이다.
만약 자신이 무영과 같은 힘이 있었다면 이야기는 달라졌을지도 모른다. 압도적인 카리스마로 군중을 따르게 했을 것이다.

그래도 김태환은 포기하지 않았다.

숫자만 불릴 수 있으면 그게 곧 힘으로 비칠 터였다.

분명히 뜻을 같이하는 자가 어딘가에 있으리라 믿었다.

하지만…… 문제는 사냥개였다.

힘에 굴복한 자들이 김태환을 비롯한 7명을 발견하고 공격하기 시작한 것이다.

"젠장할!"

강백수가 단검을 치켜들었다.

사냥개의 숫자는 이십이 훌쩍 넘었다.

"대체 왜 이러는 거냐고, 이 망할 놈들아!"

강백수는 버럭 소리를 질렀다.

상황은 그만큼 좋지 않았다.

피 튀기는 혈전.

김태환이 겨우 앞쪽을 막는 수준이었다.

하지만 적도 필사적이었다.

"너희를 죽여야 우리가 살아!"

"나, 난 죽기 싫다고!"

마치 죽지 않으려면 죽여야 한다는 태도다.

이런 상황이니 대화가 통할 리 없었다.

결국 살기 위해선 서로를 죽이는 길뿐이었다.

그리고…… 죽는 쪽은 정해져 있었다.

'여기까지인가?'

김태환은 하늘이 노래짐을 느꼈다.

그냥 바위 지대에 몸을 숨기고 있는 게 나았을지도 모른다.

자신의 만용으로 다른 사람들이 함께 죽게 생겼다.

'한 명이라도 살려 보내야 한다.'

책임감을 느꼈다.

김태환은 죽음을 불사했다.

"흐아아아압!"

척결의 방패를 들고 사냥개들을 밀치며 어떻게든 길을 만들었다.

하지만 아무리 길을 만들어도 순식간에 다른 사냥개가 그 자리를 채웠다.

'제발, 제발!'

김태환은 이를 악물었다.

상처가 생겨도 어딘가가 크게 베여도 아랑곳하지 않았다.

〈강렬한 의지가 '척결의 방패'를 깨웠습니다.〉

〈유니크 클래스, '척결의 수호자'로 발돋움합니다.〉

힘이 흘러들어온다.

방패의 모양도 변해간다.

하지만 역부족이었다.

결국 모두 죽이지 않으면 절대로 벗어날 수 없다.

아무리 죽음을 불사해도, 유니크 클래스를 얻었대도 지금의 김태환은 다수의 힘을 감당해 낼 수 없었다.

절망의 그늘이 모두의 얼굴에 덧씌워졌다.

방법이 없음을 깨닫고 모두가 죽음을 직감한 그 순간.

쉬이이잉!

퍼억!

멀리서 붉은 창 하나가 날아왔다.

창에 맞은 사냥개 하나의 머리가 폭죽처럼 터졌다.

모두가 약속이라도 한 듯이 움직임을 멈췄다.

동시에 창이 날아온 방향을 바라본 김태환이 작게 중얼거렸다.

"화룡우……? 형님?"

심판자 화룡우!

그가 유유자적 걸어오는 중이었다.

더욱 놀라운 건 화룡우의 바로 옆에 서 있는 남자가 무영이라는 점이었다.

그 뒤를 따라 100여 명의 사람이 길게 늘어서 있었다.

사냥개들은 당황할 수밖에 없었다.

"심판자가 어째서?"

사냥개를 만든 건 심판자들이었다.

억지로 번개 룬을 쑤셔 넣고 사람들을 사냥하도록 명령한 주제에 왜 이제 와서 자신들을 공격한단 말인가!

하지만 화룡우는 무표정하기만 했다.

손을 뻗자 붉은 창이 들썩이며 다시 화룡우에게로 되돌아 왔다.

이후 일말의 자비조차 주지 않고 사냥을 시작했다.

“대체 왜……!”

“끄아아악!”

고작 20여 명의 사냥개로는 화룡우를 막을 수 없었다.

뒤에 늘어서 있던 백여 명이 합세하자 상황은 순식간에 정리가 되었다.

김태환은 멍하니 그 장면을 바라만 보았다.

작금의 상황을 머리가 따라가지 못하고 있었다.

무영이 근처로 다가오고 나서야 겨우 정신을 차렸다.

“형님, 이, 이게 어떻게 된 일입니까?”

“바위 지대는 왜 벗어났지?”

무영이 되레 묻자 김태환은 침을 꿀꺽 삼켰다.

텁.

숨이 막히는 것 같았다.

자신이 이 정도의 준비를 끝마치는 사이에 너는 무엇을 했냐고 꾸지람을 듣는 기분이었다.

사실상 동료를 위험으로 몰고 가기만 했지 김태환이 한 건 아무것도 없었다.

아무것도.

흔히들 가만히 있으면 절반은 간다고 말한다.
김태환은 그 절반조차 구하지 못했다.
약했기에.
만용일 따름이었다.
"……숨어 있기 싫었습니다."
"천성이 그런 모양이로군."
무영은 피식 웃으며 등을 돌렸다.
아무래도 김태환에 대한 생각을 약간은 정정해야 할 것 같았다.
'바뀌는 사람이 있으면 바뀌지 않는 사람도 있는 거겠지.'
용군주 등과 같이 진정한 영웅이라고 칭송받은 자는 모두 굳건한 심성을 지녔다.
영웅이란 무엇인가.
불의를 참지 못하고 안 될 걸 알면서도 나서는 자다.
그래서 대부분이 단명하지만 살아남기만 하면 세계에 한 획을 긋는다.
'강해졌다.'
그리고 김태환은 강해졌다.
기도 자체가 달라진 걸 단박에 알아차렸다.
방패의 모양도 변화된 걸 보아 숨겨진 옵션이 있었던 모양.
단순히 의지만 앞서는 하룻강아지는 아닌 듯싶었다.
아마도…… 영웅이 될 자질이란 건 김태환 같은 사람을 두고 하는 말일 터였다.

문제는 살아남는 건데 그건 오로지 김태환의 몫이었다.

무영이 어찌할 수 없는 영역에 있었다.

다만 등을 약간 밀어주는 정도는 가능할 것이다.

'그들은 존중받을 가치가 있었다.'

무영은 자신의 손으로 죽인 영웅들을 떠올렸다.

적어도 그들은 무영이 혐오하는 기득권의 괴물과 달리 올곧은 소신을 가지고 있었다.

문제는 그들은 소수였고 적대하는 자는 다수였다는 것.

기득권의 괴물들로 인해 살수림이 움직여 죽음을 맞이하지만 않았어도 세상은 달라졌을 것이다.

적어도 그처럼 허무하게 파국으로 치닫진 않았으리라.

무영이 누구도 오르지 못한 절대적인 무력을 갖추려는 이유도 그들과 부딪치는 일 자체가 무의미하다고 여겼기 때문이다.

자신과 부딪치면 모든 게 박살 난다는 인식을 심어주어 방해를 사전에 차단할 셈이었다.

마계는 강자독식의 세계다.

새싹조차 새로 피어나지 못하게 밟으면 누구도 기어오르지 못하게 되어 있었다.

하여 진짜 영웅의 자질이 보이는 김태환에게 약간의 호감이 가는 게 사실이었다.

처음에는 부정적이었으나 계속해서 움직이는 걸 보며 조금 시선이 바뀌었다.

무영은 느지막하게 말했다.

"따라와라. 눈으로, 행동으로 익히고 필사적으로 습득해라. 강해진 다음부턴 숨지 않아도 될 것이다."

무영이 노리는 건 한 가지뿐이었다.

화룡우를 앞세워 사람을 규합하고 진정한 '난투'를 벌이는 것!

화룡우와 무영만으로는 나머지 심판자 넷을 감당할 수 없었다.

하지만 수백 명이 모이면 이야기는 달라진다.

심판자들은 화룡우가 배신했다고 여기고 흔들릴 터.

그 틈을 비집고 들어간다.

그리고 무영은 가장 먼저 틈을 보일 한 사람을 알고 있었다.

'율령.'

심판자 중 한 명이며 '무율세가'의 차녀.

바로 화룡우와 혼약이 약속되어 있는 사이다.

오대세가로 발돋움하기 위한 포섭이고 둘의 관계를 진작 시키고자 같은 시련 속으로 밀어 넣은 것 같았다.

하지만 화룡우는 이미 언데드가 된 뒤였다.

시련상자의 맹점에 따라서 화룡우가 율령을 처리하면 무영은 그늘 속에 숨어서 온전히 보상만 취할 수 있었다.

'유망주를 경쟁시키고 키우려는 의도가 다분하다. 서로가 죽이는 것도 상정해 뒀을 터. 그냥 그런 보상을 넣어놨을 리 없다.'

어차피 오대세가도, 아홉 길드도, 모두 경쟁 관계다.

시련상자에 무슨 시련을 설정해 뒀을지는 뻔히 읽혔다.

이곳에서 누군가가 화룡우에 의해 죽었다?

다소 시끄러울 수는 있겠지만 그뿐이다.

도리어 화룡세가는 좋아할지도 모른다.

화룡우가 그만한 신위를 보여서 화룡세가의 강함을 만천하에 떨친 것이니까.

물론 마냥 좋을 수만은 없겠지만…….

'화룡우는 사라진다.'

하지만 이 모든 일을 끝낸 뒤 화룡우를 그대로 내보일 수는 없었다.

아무리 반 시체가 되었대도 결국은 언데드.

알아보는 사람이 반드시 나올 것이다.

그래선 무영의 존재가 들통나고 만다.

철저하게 앞뒤를 맞출 필요가 있었다.

파직! 파지지직!

그때 저 멀리서 번개 폭풍이 휘몰아쳤다.

번개 폭풍과 함께 하늘을 날아오는 인영이 하나 있었다. 그 밑으로 초점 잃은 사람이 줄줄이 딸려왔다.

번개 룬을 심어서 사냥개를 만든 장본인.

"이 배신자! 감히 나한테까지 등을 돌려?"

율령의 출현이었다.

율령의 출현은 무영의 예상보다 다소 빨랐다.

하지만 나머지 세 심판자는 보이지 않았다. 치정 싸움에 휘말리기 싫다고 생각한 것일 수도 있겠다.

'강화가 되었군.'

무영의 시선이 율령이 이끄는 사냥개에게 닿았다.

무언가에 취한 듯 초점을 잃고 근육이 팽창하여 몸집이 거대해진 상태였다.

그 숫자가 오십가량.

반면 무영이 이끄는 쪽은 백오십 명이 약간 넘는다.

숫자의 차이는 확실하지만 승리를 장담할 수는 없었다.

"가가, 갑자기 왜 이러는 거야? 미쳤어?"

율령은 얼굴을 붉히며 역정을 내고 있었다.

이미 혼약이 약속되어 있기에 부르는 호칭부터가 달랐다.

하지만 화룡우의 표정은 변함이 없었다.

"말 안 하겠다, 이거지? 더러운 벌레들 따위랑 어울리는 게 더 낫다, 이거지? 알았어. 그럼 다 죽여줄게. 그래 봤자 화룡세가 따위가 우리 무율세가를 어찌할 순 없을 테니까."

‘공격해라.’

언데드는 심상만으로도 명령을 내릴 수 있었다.

화룡우가 붉은 창을 들어 휘둘렀다.

휘익!

그 동작에 일말의 망설임은 없었다.

파지직!

창이 율령의 목을 스치고 지나갔다.

방심하고 있을 때 한 번에 끝내려고 했건만 찰과상 정도밖에 입히지 못했다.

전신에 번개로 이루어진 막 같은 게 둘러져 있었다.

“나, 나를 공격해? 감히 나를? 나를!!”

좌르르르륵!

율령의 전신에서 번개의 파장이 넓게 퍼져 나갔다.

대지가 흔들리고 가까이 다가가는 것조차 쉽지 않았다.

단순한 능력만 보자면 화룡우보다 율령이 한 수 위였다.

하지만 화룡우는 언데드가 되며 강화되었다.

일단 죽음을 두려워하지 않는다는 게 매우 큰 요소로 작용했다.

‘화염비를 사용해라.’

화룡우, 염화의 창병이 무영의 명령을 듣고는 움직였다.

번개의 파장 안으로 용감하게 발을 들인 뒤 불로 이루어진 창을 만들어내 몇 번이나 찔러 넣었다.

그사이 무영은 주변을 살피는 걸 잊지 않았다.
“김태환, 네가 나머지 사람을 지휘해라.”
김태환이 눈을 크게 떴다.
“제, 제가 말입니까?”
“이곳에선 네가 세 번째로 강하다. 자신을 가져도 된다.”
“세 번째 말입니까…….”
나름의 칭찬이라고 생각했는지 김태환이 고개를 끄덕였다.
“알겠습니다.”
김태환이 앞장서서 방패를 들었다.
사람들과 사냥개들의 싸움이 시작됐다.
‘전기장의 중심을 끊어라.’
그러는 사이 무영은 화염의 창병을 움직이는 데 주력하고 있었다.
이런 식의 싸움은 익숙하지 않았지만 무영의 사고는 몇 수 앞을 내다보는 게 가능하다.
미리 상대의 움직임을 파악해 명령을 내리면 그만이었다.
지금 무영의 몸으로는 불가능한 기예가 화염의 창병을 통해선 가능했다.
전기장의 중심.
번개가 통하는 통로를 정확히 막아서자 율령의 주변으로 휘몰아치던 번개가 눈에 띌 만큼 사그라졌다.
“그래 봐야 발악이야! 가가는 날 이길 수 없어. 잘 알잖아?

벌레들 따위랑 어울리더니 그새 자신의 위치도 잊은 거야? 그럼 다시 철저하게 교육해 줄게."

화룡우가 가진 열등감 중에는 율령에 관한 것도 포함되어 있었다.

율령은 무율세가가 낳은 천재 중 하나였기에 화룡우는 항상 기가 죽어 있을 수밖에 없었다.

아무리 노력해도 천재를 이길 수 없다는 걸 깨닫고 몇 번이나 좌절했다.

하지만…… 화룡우는 알까?

단순히 강함만을 따지자면 화룡우도 율령에 못지않았다.

그저 주변의 압박과 열등감 때문에 자신의 한계를 뛰어넘지 못한 것이었다.

이제 무영의 눈을 빌리게 되었으니 전과 같을 수는 없었다.

막혀 있다면 억지로라도 찢어발기며 나아갈 따름이었다.

'지금.'

화염의 창병이 급진적으로 바닥을 박차고 뛰어올랐다.

화염의 창병과 무영은 마치 하나 된 듯이 움직였다.

조금씩 동화되어 무영이 움직이는 것과 다를 바가 없게 되었다.

'이기고 싶다.'

화룡우가 가진 영혼의 울부짖음을 무영도 들을 수 있었다.

가장 가까운 사이가 될 율령에 대한 열등감이 얼마나 대단했는지 알 수 있는 대목이었다.

무영은 번개의 흐름을 읽었다.

한 방향으로만 흐르기에 조금만 돌면 율령에게 닿는 것도 무리는 아니다.

조금씩 다가오는 모습을 보며 율령이 몸을 부르르 떨었다.

“어, 어떻게?”

내리치는 번개를 창으로 쳐 냈다.

화염이 전신으로 퍼져 가며 번개를 중화시켰다.

흐름은 넘어왔다.

한번 잡은 흐름을 다시 건넬 정도로 무영은 어수룩하지 않다. 어떻게든 붙잡고 질질 늘어져서라도 승리를 쟁취하는 게 무영이지 않던가.

율령은 손에 번개를 만들어 무수히 날려댔지만 닿지 않았다.

“거짓말! 가가가 내 번개를 파훼할 수 있을 리가 없어!”

이미 저런 편견을 가진 것부터가 방심했다는 방증이다. 방심은 패배를 부른다.

율령 또한 져 본 적이 없었다. 이런 상황에서의 임기응변이 약했다.

이내 모든 번개를 꿰뚫고 화염의 창병이 바로 앞에 섰다.

아무런 감정도 느껴지지 않는 얼굴.

그래서 더 두렵다.

그 모습을 보며 율령은 경직하고 말았다.

"나, 나 안 죽일 거지? 날 죽일 리 없지? 아까 죽인다고 했던 말 취소할 테니깐……."

화염의 창병이 창을 높이 들었다.

푸우우욱!

단 1초의 망설임조차 없었다.

창이 그대로 율령의 목을 꿰뚫으며 지나갔다.

그와 동시에 장문의 글귀가 상태창 시계 위로 떠올랐다.

〈심판자 '화룡우'가 심판자 '율령'을 처치했습니다.〉

〈'화룡우'의 영혼이 더욱 빛나기 시작합니다. 억압된 능력치가 풀려나며 전체적으로 강화됩니다.〉

〈전승 효과 '영혼 동반자'가 추가되었습니다.〉

〈이제부터 언데드와 높은 교감을 이루면 해당 언데드의 능력치가 영구적으로 소폭 상승합니다.〉

〈시련상자에 배정된 다섯 가지 보상 중 하나가 무작위로 주어집니다.〉

〈'대지룡의 허물 조각'을 획득했습니다.〉

율령의 몸이 차디찬 바닥에 드러누웠다.

하지만 모든 게 끝난 건 아니었다.

"크아아아악!"

번개 룬을 심어서 강화된 사람들이 미쳐 날뛰기 시작한 것이다.

무영은 가만히 그 장면을 바라보다가 고개를 돌렸다.

'김태환에게 필요한 건 경험이다.'

김태환은 아직 햇병아리다.

그러나 영웅의 자질을 가졌다.

모진 경험만이 그의 가능성을 꽃피워줄 것이다.

적어도 무영이 본 영웅이라 칭해진 사람들은 누군가가 도와주지 않고 스스로 수많은 시련을 돌파해 자신의 목소리를 높여간 부류였다. 그리고 지금 저 상황은 김태환이 경험을 쌓기에 안성맞춤이었다.

여기서 무영이 나서면 그 기회를 잃는 것이나 마찬가지였다.

'영혼 동반자라.'

신경을 아예 꺼버리고 무영은 이번에 얻은 것에 주목했다.

상태창 시계를 돌려서 새로 생긴 문구를 자세히 훑었다.

영혼 동반자(B+, 언데드와 높은 동화를 보일 시 해당 언데드의 능력치 소폭 증가)

영혼 동반자!

아무래도 화염의 창병을 움직이며 율령을 없앤 게 유효했던 듯싶었다.

실제로 화염의 창병이 가진 모든 능력치가 2가량 상승한 것이다.

뿐만이 아니었다.

'대지룡의 허물 조각……. 용의 재료는 매우 희귀하지.'

화염의 창병의 손 위로 초록색의 허물 조각이 들려 있었다.

양손에 들어올 정도로 양은 얼마 안 되지만 저래 봬도 최상급의 재료다.

용족의 허물은 구하기가 까다롭다. 탈피한 용은 자신의 흔적을 남기지 않기 때문이다.

'그중 대지룡의 허물은 마력 전도율이 뛰어나다.'

마력 전도율이 높은 재료를 사용하면 장비를 만들 때 마력의 누수가 적다.

높은 효율로 마력을 증폭시킬 수도 있어서 대지룡의 허물 정도라면 어지간한 보물이 부럽지 않을 수준이다.

무영은 곰곰이 고민하다가 대지룡의 허물 조각을 무한의 주머니 속에 넣었다.

당장은 쓸 곳이 없지만 멀리 내다보면 유용한 물품이다.

'헤들리의 소. 불사조의 심장을 구하면 함께 써도 괜찮겠군.'

불사조의 심장과 대지룡의 허물 조각으로 장비를 만든다?

대장장이의 실력에 따라서 다르겠지만 못해도 A++등급 정도는 나올 것이다. 무엇을 만들지 간에 말이다.

상상만으로도 즐거운 일이었다.

S등급 이상은 전설이라 불리는 대장장이가 와야 가능하겠지만 그것도 생각해 둔 바가 있었다.

어쨌든…… 무영은 쓰러진 율령의 시체를 바라봤다.

'어찌한다.'

일단 시련상자의 맹점을 파고든 건 성공적이었다.

화룡우의 이름으로 심판자 율령이 죽었음이 판명되었다.

나머지 심판자도 지금쯤 그 사실을 인지했으리라.

그럼에도 탈출의 충족 조건이 안 뜬 건 화룡우가 죽었다고 인식되지 않았기 때문이다.

생시. 죽음의 경계에서 살아 있을 때 만든 언데드인 탓이다. 하기야 죽었다고 인식했다면 이처럼 보상을 받을 수 있을 리도 없었다.

문제는 율령의 시체를 어떻게 사용하느냐.

화룡우가 심판자들을 처리했다는 증거로썬 더할 나위 없다. 이대로 놔두면 알아서 착각하고 화룡우가 모든 죄를 뒤집어쓰게 될 것이었다.

그래도 아까웠다.

다른 심판자보다 율령의 소재가 조금 더 뛰어나다고 판단했기 때문이다.

게다가 '이야기'도 있었다.

화룡우와 얽히고설킨 이 이야기를 버리기엔 아쉬운 게 사실이었다.

'숨겨둬야겠군.'

증거는 많을 필요가 없었다.

나머지 심판자 셋의 시체면 겉으로 보이는 증거로썬 충분하다. 무영은 모두의 시선이 다른 곳으로 쏠린 사이 죽음의 예술 스킬을 사용했다.

검은 기류가 뻗어 나와 율령의 시체를 감싸 안았다.

〈교차하는 애증! 화룡우와 율령의 사이는 불안정하기 그지없습니다.〉

〈그러나 서로가 서로에게 커다란 영향을 끼칩니다.〉

〈버프 효과 '애증'이 추가됩니다.〉

〈예술 점수 77점! 뛰어난 작품이 완성되었습니다!〉

이름: 뇌전술사

레벨: 81

성향: 데미 리치

힘 70(67+3)

민첩 66(63+3)

체력 76(73+3)

지능 91(88+3)

지혜 95(92+3)

뇌전력 100(97+3)

+번개 룬(최대 30기에게 번개 룬을 심어 강화한다.).

+룬 폭주(번개 룬이 심어진 대상을 폭주시킨다.).

+뇌전폭풍, 내리꽂는 하늘의 창 스킬 사용 가능.

+'애증', 화염의 창병과 뇌전술사를 함께 소환할 때 둘 다에게 모든 능력치+3의 효과가 주어진다.

무영은 만족스럽게 고개를 주억거렸다.

애증. 버프로썬 훌륭하다.

역시나 죽음의 예술 스킬은 언데드가 가진 이야기를 중요하게 여기는 게 분명했다. 이런 식으로 생전의 관계가 영향을 끼치는 것도 새롭게 얻은 정보였다.

'번개 룬은 왕자와 가신들과 함께 사용하면 되겠군.'

율령을 언데드로 만든 건 나쁘지 않은 판단이었다.

왕자와 가신들은 30마리의 구울을 지정해서 소환할 수 있는데 거기에 번개 룬을 심고 폭주시키면 훌륭한 그림이 그려질 것 같았다.

무영은 즉시 뇌전술사를 법보화시켜서 무한의 주머니 속에 넣었다. 감쪽같이 시체가 사라졌다지만 그만큼 격렬했다. 흔적도 남기지 않고 사라졌다고 여겨도 이상할 게 없다.

이후 고개를 돌리자 전투도 점점 소강상태에 접어들고 있었다.

심판자 셋의 표정이 와락 구겨졌다.

“화룡우가 율령을 죽였다고?”

“미쳤군. 하긴 원래부터 정상인 놈은 아니었지.”

“그래 봐야 발악이지. 초보자를 데리고 뭘 하겠어?”

무시하는 말투와는 달리 약간의 긴장감이 느껴졌다.

그들은 화룡우가 생시로서 언데드가 되었을 줄은 꿈에도 모르고 있었다.

“그나저나 화룡우가 왜 벌레들 따위와 어울리는 걸까?”

“천박한 화룡세가의 자식이라 그런 거 아니겠어?”

“그래도 화룡우가 돌아섰다면 혼자 돌아다니는 건 위험해. 어쩔래?”

아무리 객기 넘쳐도 만용을 부리진 않았다.

그들은 화룡우와 다르게 오대세가의 일원이었다.

율령 역시 마찬가지였지만 율령이 죽었다면 그들도 조심할 필요가 있었다.

“화룡우 따위를 여럿이서 상대하는 게 마음에 들지는 않지만…… 먼저 판을 어그러뜨린 건 그놈이니 어쩔 수 없지.”

“오대세가가 왜 오대세가인지 가르쳐 줘야겠군.”

화룡우와는 원래부터 사이가 그다지 좋은 것도 아니었다. 본래는 오대세가가 아니면 쳐주지도 않았다. 단지 건드리면 귀찮아질 게 뻔했고 율령과 혼약한 사이였기에 좋게 넘어가 준 것이다.

한데 화룡우가 율령을 죽였다면 얘기가 다르다.

여기서 그대로 물러나면 화룡세가와 화룡우에게 겁을 먹었다는 걸 인증하는 꼴밖에 되지 않았다.

시련상자 바깥에서 죄를 묻는다?

아서라.

그들을 대체할 인물은 많다.

세가의 얼굴에 먹칠한 이를 세가가 고이 받아줄 리가 없다. 그대로 '폐기 처분'이나 당하지 않으면 다행이다.

지금까지처럼 유하게 넘어갈 수는 없는 노릇이었다.

'화룡우, 너만큼은 반드시 죽인다.'

이제는 그들에게도 생존이 달린 문제였다.

사람은 점차 불어났다.

처음에는 화룡우의 배신을 긴가민가한 이가 많았지만 심판자 중 하나인 율령을 죽이자 인식이 완전히 뒤바뀌었다.

율령이 죽었다는 글귀가 뜸과 동시에 숨어 있던 자들이 하나둘 튀어나오기 시작한 것이다.

무영은 김태환과 화염의 창병을 선두에 두고 뒤에서 준비

하고 있었다.

찡찡!

땃쥐의 제왕 찡찡이가 땅을 파고 튀어나왔다. 처음보다 덩치가 두 배는 커져서 굉장히 활동적인 모습이었다.

"어? 찡찡아, 어디 갔다가 온 거니?"

옆에 있던 배수지가 고개를 갸웃했다.

찡찡이의 몸에는 흙이 잔뜩 묻어 있었다.

이내 지쳤다는 듯이 바닥에 올라와 배를 드러내고 누워 버린 것이다.

배수지가 찡찡이의 배를 쿡쿡 찌르며 말했다.

"아저씨, 찡찡이가 왜 이래요?"

"글쎄."

무영은 시치미를 뚝 떼며 길을 걸었다.

그다지 대단할 건 없었다. 앞으로의 싸움을 위해 약간의 준비를 했을 뿐이었다.

배수지는 축 늘어진 찡찡이의 목을 잡고 들었다.

"네가 두더지니? 왜 땅을 파고 왔어?"

끾! 끾!

지정된 장소에서 가만히 기다리자 남은 세 명의 심판자가 모습을 드러냈다.

그들은 처음부터 살기 충만한 눈빛으로 화염의 창병, 화룡우를 바라보았다.

"미친 새끼! 약혼자마저 죽이니 기분이 좋더냐?"

"벌레들과 힘을 합쳤다고 우리를 이길 수 있다고 생각하는 건 아니겠지?"

"살아서 나가는 건 포기해라."

세 명이서 한 마디씩 내뱉었지만 화룡우는 대답이 없었다.

"……."

그저 가만히 서 있을 따름.

애당초 무영이 조종하고 있으니 당연하다면 당연했다.

화염의 창병은 지능이 있지만 말이 툭툭 끊긴다. 입을 열면 무언가 이상함을 느낄 수밖에 없다.

그걸 철저한 무시로 받아들였는지 심판자들이 이를 갈았다.

"형님, 먼저 공격하는 편이 낫지 않겠습니까?"

김태환이 먼저 무영의 의견을 물었다.

하나 무영은 고개를 저었다.

"떨어져서 지켜보기만 해라."

"예?"

"화룡우가 혼자서 상대할 것이다."

"그게…… 가능하겠습니까? 그가 강한 건 알지만 저들도 심판자인데."

맞다. 김태환이 잘못 본 게 아니다.

아무리 강해도 남은 셋 역시 강하다. 1:1이라면 모를까 1:3은 가망이 없었다.

그러나 무영은 차갑게 전장을 바라보기만 하였다.

'가라.'

툭!

화염의 창병이 발을 디뎠다.

"너흰, 내가, 죽인다."

한마디.

그거면 충분했다.

너른 공터에 첫 발을 디디자 모두의 시선이 그에게 쏠렸다.

지금 모인 사람은 400명가량. 함께 싸우면 희망이 있다.

하지만 움직인 건 화염의 창병뿐이었다.

모두가 조마조마하면서 바라보고 있을 그때.

"어리석은 놈! 우리를 혼자 상대하겠다는 거냐!"

가장 선두에 선 심판자 한 명이 네 발로 땅을 디뎠다.

그의 몸 전체에 짐승의 기운이 어렸다.

오대세가 중 하나, 짐승의 힘을 다루는 '야수세가'의 유망주.

그 힘과 민첩함은 누구도 따라올 수가 없다고 전해진다.

그의 뒤를 따라서 나머지 둘도 합세했다.

'화룡의 포효.'

화염의 창병이 창을 높게 들었다.

처음부터 최강의 스킬을 사용하려는 것이다.

사용자마저 위태롭게 만드는, 광범위하며 파괴적인 스킬!

쿵! 쿠쿠쿵!

금세 하늘이 붉게 물들며 화염의 우박이 떨어져 내리기 시작했다.

땅이 폭발하며 곳곳에 상처가 남았다.

"이딴 걸로 나를 맞힐 수는 없다!"

하지만 짐승의 형태를 띤 심판자는 매섭게 떨어지는 화염을 피했다.

순식간에 거리를 좁혀오고 있었다. 나머지 둘도 느리지만 착실하게 막아내며 다가오는 중이었다.

이대로는 그대로 공격을 허용하고 말 테다.

하지만…… 무영의 입가가 미묘하게 올라갔다.

콰콰콰콰콰쾅!

화염의 창병을 중심으로 급격히 땅이 가라앉았다.

"이, 이게 무슨?"

심판자도 적잖이 당황할 수밖에 없었다.

"자살이라도 할 셈이냐!"

짐승의 형태를 띤 남자가 급히 외쳤지만 화룡우는 여전히 답이 없었다.

대신 창을 들어 심판자의 발을 묶었다.

이미 반은 죽은 상태인데 죽음이 뭐가 두렵겠는가.

결국 심판자들은 화염의 창병에 의해 완전히 발이 묶여서 땅 속으로 그대로 꺼질 운명이었다.

억지로 나오려고 하면 화룡의 포효에 그대로 노출된다.

화룡의 포효는 시전자마저 위태롭게 만들 정도로 밀도 높고 범위도 넓은 스킬.

400에 달하는 사람이 모두 넋을 잃고 입을 벌린 채 그 광경을 지켜보고 있었다.

'증인.'

무영은 팔짱을 꼈다.

굳이 사람들을 모은 이유는 증인을 늘리기 위해서다.

화룡우가 심판자와 대적했다는 걸 보여주기 위함이었다.

난데없이 땅이 가라앉기 시작한 것도 노림수였다.

'시련상자의 핵을 건드렸다.'

땃쥐의 제왕 찡찡이를 이용해 시련상자의 핵을 찾았다.

시련상자의 공간을 구성하고 지탱하는 '핵'이 땅 어딘가에 묻혀 있으리라고 생각해서다.

핵이 묻힌 지형 주변은 마력이 빨려서 지반 따위가 무를 가능성이 굉장히 높았다.

솔직히 찾을 가능성은 반반이었지만 어차피 대도시 주변이라고 생각해서 의심 가는 장소를 찾아보게 만든 것이었다.

결과는 성공적이었다.

핵이 있는 장소를 알아냈으니 나머지는 제대로 흔들어주

기만 하면 됐다.

처음부터 화염의 창병이 가진 최강 스킬을 사용한 이유다.

"명령해라. 올라오는 놈들을 막으라고."

"예?"

무영이 말하자 김태환이 반문했다.

무영은 싸늘하기 그지없는 표정을 짓고 서 있을 뿐이었다.

거의 다 왔다.

그러나 놈들의 신체 능력을 얕봐선 안 된다. 아무리 화염의 창병이 막고 있다고 하더라도 완전히 매몰되기 전에 올라올 가능성이 없지 않았다.

김태환도 무영의 말뜻을 알아들었는지 고개를 끄덕이며 앞으로 나아갔다.

"주변을 둘러싸고 놈들이 못 올라오게 하는 겁니다! 원거리 무기나 스킬이 있다면 퍼붓고 최대한 길을 막으십시오!"

화룡의 포효가 쏟아지며 지반이 매몰되는 범위는 거의 정해져 있었다.

그 근처만 둘러싸고 막는다면 아무리 심판자라 할지라도 쉬이 올라오지 못한다.

'공범.'

그런 인식도 400명에게 새겨줄 수 있고.

"이, 이, 벌레 같은 놈들!"

짐승의 형태로 무너지는 땅을 밟으며 탈출하려던 남자가

이를 바드득 갈았다.

하지만 올라오기엔 너무 늦었다.

쏟아지는 화룡의 포효와 사람들의 각종 스킬을 피하며 어떻게든 올라가려고 했지만 좀처럼 틈이 보이지 않았다.

쿠웅!

그러는 사이 곧 넓은 땅이 깊숙하게 무너져 내렸다.

블랙홀처럼.

핵이 있는 곳까지 매몰된 것이다.

무차별하게 쏟아지던 화룡의 포효도 멈췄다.

〈심판자 '화룡우'가 심판자 '야량'을 처치했습니다.〉

〈심판자 '화룡우'가 심판자 '전진명'을 처치했습니다.〉

〈심판자 '화룡우'가 심판자 '군림환'을 처치했습니다.〉

〈시련의 조건을 만족시켰습니다.〉

〈안전한 장소로 이동할 수 있습니다.〉

이내 떠오른 문구들.

시련상자에서의 싸움이 끝을 맞이하였다.

9장 복수자들

쿠르릉!

세계가 흔들리며 곧 허공이 갈라지기 시작했다.

빛이 새어 나오는 저 장소가 출구임을 무영은 단박에 알아차렸다.

하지만 그곳으로 향하기 전에 무영은 잠시 매몰된 땅 속을 내려다보았다.

'건지는 건 힘들겠군.'

화염의 창병은 심판자들을 처치했다는 문구가 뜸과 동시에 법보로 소환했다.

아예 매몰되기 직전에 소환한 데다가 언데드의 특성 탓인지 재기불능이 될 정도로 심하게 망가지지는 않은 듯싶었다.

그러나 나머지 심판자 셋은 다르다.

신체 전체가 박살이 났을 것이다.

구조대가 이곳을 탐사해도 시체의 잔해 정도만 찾을 수 있으리라.

투우웅.

무영은 넓은 구멍으로 돌멩이 하나를 던져 넣고 뺨을 한 차례 긁었다.

족히 수백 m는 가라앉았으니 따로 들어가서 어찌할 순 없을 것 같았다.

'보상도 세 가지…….'

신경을 접고 받은 보상을 떠올렸다.

그중 하나가 '현자의 비약'이었다.

무작위 능력치 특성 하나를 개화시켜 주는 절세의 약물.

많은 능력치를 개화시켜서 나쁠 건 없었다.

나머지 두 개는 '밤의 수정', '요정의 날개 가루'였는데 현자의 비약이나 대지룡의 허물 조각보단 못하지만 나름 쓸모 있는 물건이었다.

"저게 뭐야?"

"빛? 저 빛을 따라가면 안전한 장소가 나오는 건가?"

전투를 끝마치자마자 나타난 빛에 의해 사람들은 어리둥절할 수밖에 없었다.

무영이 천천히 걷자 김태환이 재빨리 나서서 사람들을 수습했다.

"일단 모이도록 합시다. 이곳에 없는 사람도 모아서 함께 나가겠습니다."

총 650명.

생존 조건보다 훨씬 많은, 두 배 이상의 사람이 살아남았다.

숨어 있던 사람에게 향하는 시선이 마냥 좋지는 않았지만, 그래도 시련을 해결하고 살아남았다는 그 쾌감이 한층 더 강했다.

자연스럽게 마음이 풀어졌고 서로에 대한 경계도 허물어졌다.

"꼬맹아, 너 이런 곳에서 잘도 싸우더구나?"

"저는 꼬맹이가 아니라 배수지인데요?"

"하하! 그래, 꼬맹아!"

"아, 씨. 저 꼬맹이 아니라니까요."

"하하핫!"

배수지를 중심으로 사람들이 모여들었다.

여명의 발키리가 가진 특성 때문이기도 하겠지만 여자아이가 여태껏 살아남은 것 자체가 신기해서다.

배수지의 친부…… 그는 멀리서 고개를 푹 숙이고만 있었다.

솔직히 김태환 등이 편의를 봐주지 않았다면 열 번은 더 죽었을 것이다.

그나마 배수지가 1.5인분은 해왔기에 별말이 없었을 뿐.

이번 난투를 겪으며 그도 생각이 더욱 많아진 듯했다.

자신의 존재가 도리어 배수지의 발목을 잡을 수도 있다는 생각.

정보단 힘이 중요한 세계라는 걸 점차 깨달아 가고 있었다.

"저……."

배수지의 친부가 무영을 향해 다가왔다.

무영은 잔뜩 굳은 얼굴로 빛 너머를 바라보고 있다가 고개를 돌렸다.

"잠시 이야기 좀 괜찮겠습니까?"

무영은 심드렁하게 고개를 끄덕였다.

"해봐라."

"제가 강해질 방법은 없겠습니까? 적어도…… 딸아이의 발목을 잡지 않을 정도만 되어도 좋습니다."

"힘을 얻고 싶은 건가?"

그가 슬쩍 몇몇 사람과 웃고 떠드는 배수지를 바라봤다.

"예, 이대로 있으면 저는 분명히 커다란 짐이 되고 말 겁니다. 저 아이는 밝고 강해요. 크면서 싫은 소리 한 번 한 적이 없습니다. 제가 직장에서 잘리고 아내와 이혼했을 때에도 유일하게 제 등을 두드려 준 아이니까요."

무영은 차가운 눈빛으로 가만히 그를 바라봤다.

배수지의 친부. 그가 애절하게 이어서 말했다.

"지금 제가 죽어선 안 됩니다. 저 아이가 완전히 독립할 수 있을 때까지는…… 지금도 충분히 발목 잡고 있다는 사실은 인지하고 있습니다. 하지만 지금 제가 죽으면 저 아이는 분명히 버티지 못할 겁니다. 책임감이 강해서 저를 위해 무리하고 있는 거지 사실은 누구보다 마음이 여립니다. 그러니 부디…… 제가 강해질 수 있는 방법을 알려주십시오."

그는 절박해 보였다.

수십, 수백 번은 더 고민하고 그보다 더 많은 좌절을 한 뒤 무영에게 찾아온 기색이었다.

무영은 그가 양팔이 잘렸을 당시를 떠올렸다.

사냥의 보상으로 약을 가지고 있었던 사람은 셋뿐이었다.

그중 김태환이 자신이 가진 약을 나눠주어 죽음만은 모면할 수 있었다.

하지만 그것도 삶에 대한 강한 집착이 있지 않고선 불가능했을 일이다.

"불구가 강해질 방법은 없다."

그러나 무영은 딱 잘라 말했다.

양팔이 없는 전사를 상상할 수 있는가?

양팔이 없으면 웬만한 스킬도 사용하지 못한다. 설령 할 수 있더라도 정교한 조작 같은 건 꿈도 꾸지 못하리라.

지금까지 살아남은 것도 솔직히 기적에 가깝다고 생각하지만…… 마계로 넘어가면 저 운이 계속 통하지는 않을 것이었다.

툭!

그가 무릎을 꿇었다.

무영은 눈살을 찌푸렸다.

“무엇이든지 하겠습니다. 제가 죽고 나면 시체라도 내어드리겠습니다. 많은 건 바라지 않습니다. 그저 방법만, 방법만 알려주시면 됩니다.”

시체라도 내어주겠다.

아예 작정한 모양이었다.

잠시 무영은 턱을 쓸었다.

‘이야기.’

다른 건 몰라도 그가 가진 ‘이야기’는 매우 훌륭해 보였다.

소재는 별로지만 죽음의 예술 스킬이 더욱 중요시 여기는 게 이야기 아니었던가.

하지만 아무리 냉정하게 따져 봐도 평범한 인간의 신체에 양팔마저 없는 언데드는 별 쓸모가 없을 것 같았다.

그때였다.

〈데스 로드의 권능, ‘죽음의 계약’이 발동했습니다.〉

〈‘죽음의 계약’은 죽음을 담보로 이루어지는 계약입니다. 대상이 죽음을 기꺼이 내놓을 정도로 간절할 때만 발동하며 계약 이행 뒤 그 내용에 따라 점수가 더해지고 대상이 죽은 이후 사용자가 언데드로 만들면 더욱 강한 힘을 발휘할 수 있게 됩니다.〉

'음?'

권능이라니.

게다가 처음 보는 내용이었다.

지금까지 무영에게 이토록 매달린 사람이 없어서이기도 하겠지만 무영으로서도 상당히 흥미가 갔다.

'죽음을 담보로 나와 계약을 하는 거로군.'

대신 계약을 이룰 수 있도록 도와줘야 한다.

'악마의 계약이 따로 없어.'

무영은 내심 비웃고 말았다.

내용만 보자면 악마의 계약이라 해도 이상할 게 없을 듯싶었다. 죽음을, 영혼을 담보로 소원을 이루는 것이었다.

'소재만 쓸 만해지면 더할 나위가 없긴 하다.'

그가 가진 이야기는 훌륭하다. 하물며 죽음의 계약까지 한다면 고민할 필요가 없었다.

거기까지 생각이 미치자 한 가지 발상이 머릿속에 떠올랐다.

가능성은 낮아도 강해질 방법이 아예 없는 건 아니다. 오히려 그 낮은 가능성을 뚫고 강해졌을 때 계약이 진정으로 빛을 발하지 않겠는가.

"그토록 갈망한다면 알려주마. 노력 여하에 따라 도움이 될 수도 있겠지."

"가, 감사합니다. 감사합니다."

마냥 좋아할 일은 아닐 텐데도 의미를 제대로 몰라서인지 그가 눈물을 흘리며 기뻐했다.

〈'죽음의 계약'이 성사됐습니다.〉

그와 동시에 그의 이마 위로 검은색 점 하나가 찍혔다.

여기선 무영도 약간 의아해할 수밖에 없었다.

대상이 죽으면 어떤 식으로 알게 되고 어떤 식으로 찾아와야 하는지에 대해선 알려준 게 없었던 것이다.

'권능이라 칭할 정도면 허투는 아닐 터.'

권능.

인류 10강 정도의 강자는 권능이라 칭해지는 힘을 한 가지씩는 지니고 있었다.

무영은 그 이름값을 믿었다.

이어 속삭이듯 그의 귀에 대고 말했다.

"저 빛을 넘어가면 머지않아 한 장소에 도착할 것이다. 그곳에서 '어둠 정령학'이라 적혀 있는 책을 찾아라."

하늘 도서관은 모든 사람이 단 한 번씩만 이용할 수 있는 장소다.

그곳에 들어간 사람은 한 가지 '스킬'을 골라서 익힐 수 있다.

문제는 워낙 방대하고 고급 스킬의 경우엔 몇 가지 시련을 돌파해야만 얻을 수 있는 구조라는 점.

어둠 정령학은 그중에서도 제법 상위 스킬이다. 마계에서도 정령을 다룰 수 있는 사람 자체가 얼마 없었다. 설령 스킬을 익혀도 재능이 없으면 정령과 계약조차 못 하는 게 현실이었다.

도박과 같았다.

어둠 정령학은 보통 리치나 익히는 것이지만 그 외에 불구인 그가 강해질 방법은 전무했다.

만약 성공한다면 이야기가 더욱 풍부해지는 셈.

그는 지켜야 할 게 있고 그러기 위해서 필사적으로 몰두할 것이다.

설령 강해져서 죽지 않는다고 해도 손해는 아니었다. 오히려 모든 시련을 넘어선다면 인정 못 할 것도 없었다.

'나쁘지 않군.'

그렇다. 썩 나쁘진 않았다.

빛을 넘었다.

그리고…… 보았다.

거대하기 짝이 없는 투기장을!

무영을 비롯한 650명은 하늘이 뻥 뚫린 투기장과 같은 장소에 있었으며 검은색 문 앞에 서 있었다.

그 외에도 각각의 문 앞에 최소 300명에서 최대 400명 정도의 무리가 20개가량 있었다.

대부분 얼굴이 새파랗게 질린 채 이를 꽉 물고 있었다. 특히 심판자로 보이는 소년소녀들도 함께하는 중이었다.

하지만 그들을 맞이해 준 인파는 족히 10배가 넘었다. 엄청나다고 할 만한 인파가 투기장의 계단 위에 올라서 이쪽을 바라보는 중이었다.

마치 동물원의 원숭이를 구경하듯.

'아홉 길드, 오대세가. 그 외의 집단들.'

무영은 즉시 알아보았다.

과거로 돌아왔대도 못 알아볼 이유가 없었다.

'마계.'

무영은 표정을 굳혔다.

드디어 도착한 것이다.

"이건, 이건 있을 수 없는 일이다!!"

무영을 비롯한 650명의 사람을 바라보던 누군가가 크게 소리쳤다.

'화룡인.'

화룡세가의 가주.

화룡우의 아버지 되는 사람이다.

그가 투기장의 가장 높고 넓은 장소에서 전신을 부들부들 떨고 있었다.

"다른 아이는 어디 간 거지?"

"설마 아이들이 패배했다고?"

그뿐만이 아니었다.

화룡인의 근처 상석에 앉아 있던 오대세가의 수장들이 자리에서 일어나 의아함을 표했다.

심판자를 제거하고 승리 조건을 만족시킨 초보자가 아예 없는 건 아니지만 그 숫자는 매우 적었으며 그들조차도 심판자 다섯 모두를 제거하지 못했다.

많아야 두 명.

한데…… 다섯 중 단 한 명도 보이질 않는다.

이게 의미하는 사실은 한 가지뿐이었다.

심판자의 완패!

있을 수 없는 일이 벌어졌으니 술렁일 만하였다.

"형님, 이곳은 어딜까요?"

"선택의 장소다."

"예?"

"조용히 지켜보면 알 것이다."

무영은 가만히 그들을 주시했다.

시련상자는 스무 개였다.

그중 시련을 뛰어넘고 나온 칠천 명가량의 초보자.

가리고 가려서 보다 뛰어난 이를 골라 영입하는 게 모든 집단의 목적이다.

벌써 몇몇 정보 관찰 계열의 스킬을 가진 '스카우터'들이 사람들을 대놓고 훑어보고 있었다.

물론 능력치 몇 개가 어느 정도인지를 알아내는 게 한계일 테지만 무영은 이미 정보 왜곡의 법보로 눈가림을 해놓은 상태였기에 개의치 않았다.

'역시 보이지 않는군.'

주변을 훑었지만 웡 청린은 어디에도 없었다.

그러나 이 주변 어딘가에 있음이 분명했다.

무영은 긴장을 놓지 않았다.

끼이익!

투기장의 문이 열리고 열 명가량의 '태양'이 그려진 투구와 갑옷을 걸친 이들이 다가왔다.

'알렉산드로 퀸타르트가 이번 일을 계획했나 보군.'

태양 길드의 길드 마스터로 있는 게 알렉산드로 퀸타르트다.

인류 10강 중 한 명.

하긴 이 투기장부터가 태양 길드가 관리하는 장소였다.

태양 투구를 착용한 남자 몇 명이 검은 문 안으로 들어가고 한 사람이 남아서 물었다.

"안에서 무슨 일이 있었는지 상세하게 알려주실 수 있겠습니까?"

"씨발! 장난하는 것도 아니고! 뭐 하자는 거냐고! 원래 세계로 돌아가는 거 아니었어?"

진중히 주변을 살피는 이들과 달리 뒤에 선 한 남자가 목에 핏대를 세웠다.

겨우 살아서 나왔건만, 심판자라는 거창한 시련만 통과하면 현대로 돌아갈 수 있으리라 여겼건만 동물원 원숭이처럼 구경당하는 지금의 상황을 납득할 수 없었기 때문이다.

“말은 가려서 해주십시오. 위대한 분들이 계시는 자리입니다.”

“뭐? 위대한 분들? 이런 씹……!”

따악!

태양 투구를 쓴 남자가 엄지와 중지를 부딪쳤다.

쾅!

그러자 하늘에서 투명한 벽이 내려와 욕지거리를 내뱉던 남자를 가뒀다.

화르륵!

곧 벽 안에서 강렬한 불꽃이 떠올랐다.

쿵! 쿵! 쿵! 쿵!

남자가 비명을 내지르며 투명한 벽을 쳤지만 불길은 순식간에 남자의 전신을 태워 버렸다.

끔찍하기 그지없는 참상.

눈 깜빡할 사이에 이뤄진 일에 모두가 할 말을 잃었다.

이윽고 태양 투구를 쓴 남자가 다시 한번 물었다.

“안에서 무슨 일이 있었는지 상세하게 알려주실 수 있겠습니까?”

"그건……."
"내가 말하지."
김태환이 어물쩍 거리고 있을 때 무영이 앞장섰다.
어차피 나머지를 취조하다 보면 자연스럽게 무영에게 도달할 수밖에 없었다.
가장 먼저 화룡우와 접촉한 게 무영이기 때문이다.
괜히 꼬투리를 잡히는 것보단 그 전에 나서는 것이 나으리라고 판단했다.
태양 투구를 쓴 남자가 고개를 끄덕이자 무영은 대수롭지 않다는 듯이 입을 열었다.
"심판자 화룡우가 나머지 넷을 배신했다."
"지금 뭐라고 하셨습니까?"
"그는 우리를 도와 나머지 심판자 넷을 공격했다. 그 결과 모두 죽었다."
"그게 사실입니까? 거짓일 경우 그쪽의 안전은 장담하지 못합니다."
"곧바로 들통날 거짓말을 내가 뭐하러 목숨 걸고 하지?"
무영은 거리낄 게 없었다.
나머지 650명도 똑같은 광경을 보았으므로.
태양 투구의 남자가 무영의 뒤에 있는 사람들을 살폈다. 그들의 반응에서도 거짓은 느껴지지 않았다.
"자세한 정황을 알려주실 수 있겠습니까?"

무영은 화룡우의 상태창 시계에서 히스토리를 본 바가 있었다.

히스토리는 일종의 흐름이다.

세밀한 이야기는 알 수 없지만 화룡우가 태어나고 자라며 겪은 굵직한 사건쯤은 알 수 있었다. 과거 무영이 화룡세가에 잠입하며 알아낸 것도 조금 있었고.

그러니 알고 있는 진실을 조금씩 각색해서 말하면 그만이었다.

"화룡우는 궁지에 몰려 있는 것 같았다. 왜인지는 모르겠지만 실력을 증명하고 싶어서 안달이 나 있었지. 우리 같은 약자를 상대론 전혀 증명이 안 된다고 투덜거리더군."

꿀꺽!

태양 투구를 쓴 남자도 살짝 긴장할 수밖에 없었다.

거짓이라면 어찌하여 화룡세가의 내부사항을 무영이 알고 있겠는가.

화룡세가에서 양자를 들였고 덕분에 세가 내에서 화룡우의 입지가 불투명하다는 건 대외적으로 알려진 사실이었다.

하지만 무영은 사원에서 한 달을 보낸 초보자.

알 수 있을 리가 없다.

화룡우가 저런 말을 꺼냈다는 게 믿기지 않기는 해도 무영의 입에서 나오는 모든 건 '사실'이었다.

하지만 그래서 더욱 걸리는 게 있었다.

"그래서 율령 아가씨마저……."

"그 번개를 다루는 소녀 말인가? 맞다. 그 소녀는 확실히 화룡우가 죽였다."

"노오오옴-!"

쾅!

선상에 서 있던 화룡세가의 가주, 화룡인이 내리꽂히듯 지상으로 떨어졌다.

무지막지한 살기와 함께 한마디만 더 하면 죽여 버리겠다는 눈빛으로 무영을 바라봤다.

'오랜만이로군.'

이만한 강자의 살기를 받아본 게 굉장히 오랜만인 기분이었다.

숨이 막히고 전신의 세포가 곤두선다.

하지만 그래 봤자 겁쟁이에 불과하다. 투쟁 대신 안주를 택한 대표적인 인물 중 한 명이 화룡인이었다.

'20년의 투쟁, 30년의 안락.'

마계로 인류가 소환되기 시작하고 벌써 50년이 지났다.

초반의 마족은 상당히 공격적이었고 인류는 죽지 않기 위해 맞서 싸웠다.

20년간 조금씩 영역을 확장하며 마침내 대도시와 몇 개의 도시를 일궈냈다.

하지만 그 이후 마족과 마신의 공격은 뜸해졌다. 사람들도 더 이상 싸우기보단 가진 걸 지키는 쪽으로 우회했다.

그 결과 가만히 안주하게 되었고 그 상태로 30년이란 세월이 흘렀다.

'앞으로 10년 후. 대혼돈이 시작된다.'

마신들이 왜 갑자기 공격을 멈췄는지는 아무도 아는 바가 없었다. 그냥 어느 시점을 중심으로 '뚝' 하고 공격이 멈춰 버린 것이다.

그러나 그것도 앞으로 10년이면 끝이었다.

모든 인류가 마계로 소환되는, 10년 후에 있을 대혼돈이 시작되면 마신들은 과거보다 더욱 강렬하게 인류를 몰아붙인다.

아니, 그때는 아예 마신들이 선두에 선다.

마족만 내보내던 과거와는 분명히 다른 점이다.

가장 먼저 푸른 사원의 대마법사 멀린이 죽고 아홉 길드와 오대세가가 하나둘 무너지며 무자비한 학살이 벌어질 터.

때문에 안주를 택하고 멈춰 버린 화룡인의 살기가 무영은 하나도 두렵지 않았다.

그래 봐야 겁쟁이다.

바닥에 발을 붙이고 움직이지 않는 자는 하늘로 올라가려는 자를 죽일 수 없다.

"어디서 세 치 혀로 대 화룡세가를 기만하려 드느냐!"

"조사단을 들여보내면 명명백백하게 가려질 일. 내가 거짓을 말할 이유가 없지 않은가?"

지금쯤 화룡인의 속은 바짝 타고 있을 것이다.

무율세가는 오대세가 중 한 곳이고 율령을 대체할 인물은 많지만 어쨌든 무율세가의 힘을 이었다.

아무런 관계도 없으면 모르겠으나 혼약이 되어 있는 상태에서 화룡우가 율령을 죽였다…….

두 세가의 사이가 틀어질 수밖에 없었다.

화룡세가를 오대세가의 반석에 올려놓겠다는 화룡인의 목적이 불투명해지는 것이다.

"정녕 죽어봐야 그 주둥이를 닫겠구나!"

하나, 무영은 꿈쩍도 하지 않았다.

화룡인이 무영을 죽일 가능성은 지극히 낮다.

그만한 사람이 직접 초보자를 단죄하는 건 모양새가 좋지 않다. 무엇보다 입막음을 한 게 아니냐며 도리어 의심을 살 수도 있다.

살인멸구.

모두의 앞에서 증거를 인멸하는 행위를 했다간 화룡세가의 입지가 아예 사라져 버린다.

'그는 나를 죽일 수 없다.'

무영이 괜히 먼저 나선 게 아니다.

화룡세가의 가주나 되는 사람이 그러한 사실을 모를 리 없을 터.

오히려 계산이 빠른 화룡인이기에 지금 이곳에서 무영에게 손을 쓸 수 없었다. 가만히 있으면 화룡우의 배신을 인정하는 꼴이라 본의 아니게 나섰을 따름이다.

〈한 번의 부탁을 사용하면 목숨을 지켜주겠다고 '지옥마'가 제안합니다.〉

〈고개를 끄덕이면 거래가 성사됩니다.〉

지옥마가 어딘가에 은신한 채 무영을 바라보고 있음이었다.

과연 최상급의 괴물.

강자들의 눈을 피할 정도로 은신 수준이 높다.

하기야 지금까지 무영조차 어디에 있는지 감도 잡지 못할 정도였다.

도와준다고 하더라도 이 많은 강자 틈바구니에서 무영을 빼내는 정도가 다일 테지만 그것만으로도 대단하다 할 수 있었다.

하지만 굳이 부탁을 사용할 필요는 없었다.

무영은 그가 그저 겁을 줄 뿐이라고 확신했다.

자신이 화를 내면 무영이 무릎을 꿇은 뒤 살려 달라고 빌며 이야기를 번복하리라고 생각했으리라.

그러나 무영에게서 아무런 반응이 없자 그의 얼굴에 약간의 조급함이 비쳤다.

"화룡세가의 가주는 멈추십시오!"

마침 상석의 중심에 앉아 있던 남자가 목소리를 높였다.

'알렉산드로 퀸타르트.'

지금 이 모든 상황을 주관하는 남자.

아홉 길드 중 수위를 다투는 태양 길드의 마스터!

화룡인이 인상을 구기며 말했다.

"그대가 무슨 권리로 나를 막는단 말이오!"

"제가 아니라 무율 공께서 먼저 제안하신 이야기입니다. 일단 조사단을 꾸려서 안을 조사해 보자고 말입니다."

"무율 공께서……."

무율세가의 가주가 말했다면 화룡인으로서도 방법이 없었다.

이런 제안을 한 것 자체가 서로의 관계를 빠르게 악화시키기 싫다는 뜻. 조사단을 보내 차근차근 시간을 들여서 조율점을 갖겠다는 의미였다.

여기서 화룡인이 더 화를 내면 겨우 얻은 기회조차 상실하게 된다.

"후우우우."

화를 가라앉힌 화룡인이 등을 돌렸다.

원래부터 이러려고 했다는 듯이 시원하게 말이다.

투웅!

이어 높게 뛰어올라 다시 상석으로 들어갔다.

〈'지옥마'가 매우 아쉬워합니다.〉

무영은 피식 작게 웃고 말았다.

어쨌거나…… 하늘 도서관에 오를 시간은 충분히 벌었다.

이윽고 알렉산드로 퀸타르트가 상석의 중심에서 입을 열었다.

"모든 시련을 이겨낸 작은 영웅들이여! 우리는 그대들을 환영합니다."

저 작은 영웅들이라는 말이 초보자에게 향하는 말인지 아니면 심판자 역할을 맡은 소년소녀들에게 향하는 말인지는 아무도 알 수 없었다.

그러나 무영을 비롯한 초보자 모두가 저 말을 곱게 들을 수는 없는 노릇이었다.

심판자들이 저들의 소속이라는 점이 밝혀진 것이다.

안에서 마구잡이로 사람을 죽였으면서 이제 와서 환영한다?

"개새끼들……."

누군가가 작게 이죽거렸다.

하지만 이걸 대놓고 따지면 그대로 목숨이 증발한다.

힘이 없기에 발언권 역시 없었다.

'압도적인 힘을 보인 후 살살 달래서 굴복하게 한다. 전형적인 수.'

무영은 혀를 찼다.

저 레퍼토리는 몇십 년이 지나도 변하질 않는다.

그래도 지금부터 '보듬어주기'가 들어가기에 앞선 시련보단 나름 편한 시간을 보낼 수 있었다.

"이곳은 마계입니다. 우리는 여기서 72좌의 마신과 전쟁을 벌이고 있습니다. 모든 마신을 물리치지 못하면 영원히 지구로는 돌아갈 수 없습니다!"

지구.

벌써부터 그리운 이름이다.

사람들의 불편한 기색을 아주 약간은 어그러뜨릴 수 있는 비장의 단어였다.

"함께 지구로 돌아갑시다. 그러기 위해 힘을 빌려주십시오. 우리는 거친 시련을 이겨낸 그대들에게 모든 걸 공개할 것이고 그대들에게 선택의 기회 또한 줄 것입니다. 가장 먼저 하늘 도서관을……."

긴 이야기가 시작됐다.

작게 말하지만 어쩐지 귀에 틀어박히는 내용들.

알렉산드로 퀸타르트가 가진 '태양의 현혹' 스킬이 발동된 것.

이대로 시간이 흐르면 조금씩 감화되어 그를 죽이려 한 이들도 알렉산드로 퀸타르트를 진심으로 믿고 따르게 될 것이다.

어떤 의미에선 웡 청린과 같은 구석이 있었다.

대략 20여 분 정도 긴말을 쏟아내던 알렉산드로 퀸타르트가 웃으며 마무리를 지었다.

"우리는 그대들을 환영합니다."

축제가 시작됐다.

대도시 대부분의 장소가 개방되고 초보자에겐 중심의 '성'을 제외한 어디로든 향할 수 있는 권리가 주어졌다. 투기장을 나선 사람들은 그 압도적인 풍경에 혀를 내두를 수밖에 없었다.

성은 끝이 보이지 않았다.

현대의 도시와 비견해도 부족함이 없을 높은 건물이 즐비했고 성벽은 만리장성이 부럽지 않을 수준이었다.

'고대왕의 성.'

엄밀히 말하자면 하늘 도서관처럼 이 성도 사람이 만든 게 아니다.

고대왕의 성이 들어 있던 법보를 이곳에 풀어낸 것에 지나지 않았다.

덕분에 성의 세부적인, 아직 알려지지 않은 장소가 몇 개 존재했다.

예컨대 암살의 루트로써 쓸 만한 '보름달일 때 그림자가 비치지 않는 복도'라거나 '14일 주기로 특정 장소와 연결되는 지하 통로' 등이 그러했다.

그다지 대단할 건 없지만 알아둬서 나쁠 것은 없는 그런 장소들이다.

"일행분들은 이곳에서 머무르시면 됩니다."

태양 투구를 쓴 병사가 무영을 비롯한 100여 명의 사람을 한 여관으로 몰아넣었다.

650명 전부가 같은 여관을 쓸 수 없기 때문에 이렇게 나눠 버린 것이다.

"하늘 도서관이란 곳은 언제 들어갈 수 있습니까?"

수지의 친부가 물었다.

그는 현재 몸이 달아 있는 상태였다.

무영이 말했던 '어둠 정령학'을 익힐 수 있는 장소가 하늘 도서관임을 본능적으로 깨달았기 때문이다.

"하늘 도서관은 한 번에 300명씩밖에 못 들어갑니다. 기다리고 계시면 차례에 맞춰서 아침에 저희가 데리러 오겠습니다."

"그렇군요. 알겠습니다."

작은 의문이 풀리고 사람들은 모두 여관에 들어갔다.

여관의 1층에는 이미 푸짐한 음식이 준비된 상태였다.

"허……."

"이런 음식들을 보는 것도 되게 오랜만인 거 같은데."

"일단 먹고 보자!"

모두가 감격하며 자리에 달려와서 포크를 집을 때 무영은 조용히 2층으로 올라가 짐을 풀었다.

'피해갈 수 없는 운명이라는 건가.'

무영은 자신의 방을 둘러보며 고개를 내저었다.

이 여관은 과거 무영이 사용하던 여관과 똑같다. 이곳에서 납치당해 오랜 세월을 살수로서 살았다.

수많은 영웅을 죽였다.

'오늘 밤.'

무영은 숨을 크게 들이마시며 눈빛을 가라앉혔다.

오늘 밤, 웡 청린의 초보자 사냥이 시작된다.

보름달이 뜬 늦은 저녁.

모두가 술에 취해 잠이 들었다.

술은 원 없이 준비되어 있었고 오래간만에 취할 수 있다는 사실 하나가 사람들의 마음을 풀어버린 탓이다.

스으윽.

빛을 타듯이 복면을 쓴 누군가가 창문 안으로 흘러들어 왔다.

수면 가루를 풀고 주변을 둘러보던 복면의 남자가 침대 위에 누워 있는 한 명을 발견하고 조심스럽게 발을 놀렸다.
이어 침대 위의 사람을 막 건드리려는 찰나.
터헉!
"……!"
상대가 감고 있던 눈을 번뜩이며 복면 남자의 목을 잡았다.
정확히 혈을 눌러 목소리도 나오지 않는다.
상대는 그런 복면의 남자를 무표정하기 그지없는 얼굴로 바라보다가 조용히 말했다.
"오랜만이로구나, 447호."
무미건조하고 아무런 감정도 느껴지지 않는 말투.
하지만 말을 꺼낸 남자, 무영의 눈빛에 작은 파문이 일었다.
'한 번 더 죽이는 건 어렵지 않다.'
다윗의 별, 그레모리의 시련에서도 허상이지만 살주 웡 청린을 비롯한 살수들을 웃으며 보낸 일이 있었다.
그 행위를 통틀어 무영은 단 한 번도 후회한 적이 없다.
설령 같은 상황에 놓인대도 반복할 것이다.
그 확고한 의지 덕분에 다윗의 별에서의 시련도 통과할 수 있었다.
"웡 청린이 보냈느냐? 살인 기계로 만들 재료를 조달하라고?"
방에 침입한 살수의 눈동자 역시 고요하기 그지없었다. 감정이라곤 전혀 느껴지지 않았다. 인형이기 때문이다.

그러나 인형이 만들어지는 과정은 끔찍하기 그지없었다.

웡 청린의 명령에 따라 수백의 재료가 조달되지만 그중 살아남는 건 1%가 안 된다. 살아남은 1%조차 모든 감정을 거세당하고 줄에 걸린 마리오네트가 된다.

무영은 피식 웃었다. 웃을 수밖에 없었다.

대답이 없으리란 걸 알고 있으면서 왜 말을 걸었는지 이해되지 않았던 탓이다.

만약이라도 대답해 주길 바랐던 걸까?

그대로 상반신을 들어 침대 위에 걸터앉은 뒤 무영이 말했다.

"그래……. 우리는 원래부터 없는 자들이었지."

꽈득!

목을 꺾었다.

살수의 눈빛이 꺼졌다. 즉사한 것이다.

무영은 가만히 고개를 돌려 붉은 보름달을 바라봤다.

무영을 비롯한 살수는 본래 음지 속에서 살아가는 존재다. 결코 양지로 나올 수는 없기에 존재하지 않는 것과 같다.

그림자. 있으되 없는 그런 것.

죽어도 슬퍼해 줄 자 한 명 없으며 살아도 산 게 아니다.

"복수하고 싶지 않느냐? 너희의 피로 자신의 배를 채운 자에게 말이다."

이미 죽은 시체는 미동조차 하지 않았다.

그러나 무영은 죽은 시체의 눈을 바라보며 그 너머를 느끼고 있었다.

울부짖는 영혼의 떨림이 느껴지는 듯했다.

'죽음의 예술.'

무영의 전신에서 솟구친 검은 기류가 살수의 시체에 닿았다.

〈영혼의 부름. 적의 말소를 원하는 자.〉

〈'어벤져'가 탄생했습니다.〉

〈예술 점수 65점〉

이름: 어벤져

레벨: 58

성향: 쉐도우 구울

힘 50

민첩 80

체력 50

지능 15

지혜 15

암흑 기류 55

+매우 높은 어둠 저항.

+어둠 속에서 빠른 이동 속도.

+어둠의 속박, 그림자 은신, 치명타 스킬 사용 가능.

+암흑 기류가 높을수록 '어둠'과 가까워짐.

겉모습은 그다지 변한 게 없었다.

하지만 눈빛에 사나운 짐승의 기운이 곁들어졌다. 어둠 속에 더욱 확실하게 동화되어 있었다.

'왕자와 가신들.'

무영은 즉시 다크 구울을 소환했다.

다크 구울, 왕자와 가신들은 최대 30마리까지 '구울'을 선택해 모든 능력치+5의 효과를 줄 수가 있었다.

어벤져는 구울 계열의 언데드였다.

마침 화룡우와의 싸움으로 구울이 몇 기 남지 않아서 공간은 여유로웠다.

이로써 왕자와 가신들 법보로 소환하면 어벤져도 함께 튀어나오게 되었다. 다크 구울만 있으면 효과가 유지되니 보통의 구울은 들여보냈다. 일을 처리하는 데 다크 구울과 어벤져만 있으면 충분하다고 보았다.

'하급 살수지만 이 정도면 훌륭하다.'

살수림은 항상 500명의 살수로 운영된다.

숫자가 낮을수록 강하며 높을수록 약하다.

과거의 무영은 당연히 1번이었다.

웡 청린을 죽였으니 사실상 0번이라고 할 수도 있겠지만…….

447번은 살수림에서도 하급에 속하는 수준이다.

'어차피 초보자 사냥에 나서는 건 하급 살수뿐.'

살수림은 모든 길드와 세가의 암묵적인 비호 아래에 활동하고 있었다.

때문에 하급 살수가 대도시를 서성일 수 있는 것이다.

진짜배기 강자라고 칭해지는 이는 모두 대도시의 중심에 있는 '성'에 기거하고 있으니 그들을 제지할 사람도 없었다.

'웡 청린은 이곳에 없다.'

처음에는 무영도 이곳 어딘가에 웡 청린이 있으리라 여겼다.

그러나 대도시의 면면을 살펴보고 그가 없다는 결론을 내렸다.

있었다면 지옥마가 부탁을 사용하도록 유도했을 것이다.

무영이 지금 상태로는 대적하지 못할 적이 근처에 숨어 있으니 만약의 상황에서 목숨을 지켜주겠다고.

무영조차 눈치채지 못할 정도로 은신력이 좋은 녀석이다.

이곳에 모인 어느 강자도 지옥마가 숨어 있는 걸 눈치채지 못했다. 그렇다면 웡 청린의 은신도 충분히 잡아낼 수 있을 것이었다.

한데 조용하지 않은가.

말인즉, 무영이 날뛸 무대가 갖춰졌다는 뜻이었다.

'형제들을 모아주마.'

447호 홀로 있게 만들 생각은 없었다.

이곳에 있는 모든 살수를 언데드로 만든 뒤 500명 전부 거둬들여서 웡 청린의 허를 찌르는 게 목적이었다.

무영은 법보를 꺼내 장비를 소환했다.

미치광이 군주의 세트!

붉은 투구와 망토를 걸친 채 창문을 나섰다.

쉬이익.

그 뒤를 다크 구울과 어벤져가 따랐다.

하나하나 찾아가서 배제하는 건 썩 좋은 수가 아니다.

우선 효율의 문제가 컸다.

무영의 몸은 하나이고 살수는 많다.

아마도 하급 살수 100명 정도가 활동하고 있으리라.

그래서 무영은 그들이 공통적으로 지나갈 길에서 대기하고 있었다.

대도시는 특수한 법보를 사용해 고대왕의 성을 그대로 꺼낸 곳일 뿐이었다.

숨겨진 비밀 통로 같은 곳들이 존재했으며 무영도 그 장소를 잘 알고 있었다.

보름달이 뜨는 날, 그림자가 비춰지지 않는 장소.

지하 통로와 연결되는 곳임과 동시에 멀리서는 이 장소를 인지할 수가 없었다.

의식의 흐름 바깥에 있는 그곳에 무영이 서 있었다.

곧 네 명의 살수가 초보자들을 낚아채고 다가오다가 무영을 발견했다.

무영은 미치광이 군주의 세트를 입은 상태 그대로 그들을 환영했다.

대화는 필요 없었다.

행동으로 보이면 족하다.

비탄을 꺼냈다.

그대로 내달렸다.

치이이익!

납치한 사람을 내려놓기도 전이었다.

무영이 반 발자국 더 빨랐다.

푸욱!

그대로 검을 잘라내고 심장에 비탄을 꽂아 넣었다.

꿀럭! 꿀럭!

비탄은 게걸스럽게 떨어지는 피를 탐했다.

콰악!

비탄을 꺼내며 동시에 몸을 회전시켰다.

옆에 선 살수가 무영의 어깨를 붙잡은 것이다.

빠각!

그대로 팔목을 낚아채 꺾었다.

하지만 살수들은 통각이 제어되어 있다. 팔이 꺾인 정도로는 멈추지 않는다.

빠아악!

팔꿈치를 들어 올려 그대로 턱을 가격했다.

뇌가 진탕되어 쓰러지는 살수의 심장을 비탄이 뱀처럼 노렸다.

휘리릭!

그리고 준비 동작조차 없이 품에서 단검 두 자루를 꺼내 뒤를 향해 날렸다.

채앵!

한 명은 쓰러졌으나 다른 한 명은 막아냈다.

무영은 가만히 그의 눈을 바라봤다.

고요한 밤 아래, 다시금 살수가 무영을 향해 뛰어올랐다.

정체가 발각된 이상 그들에게 후퇴란 없었다.

쓰고 나면 버려질 소모품.

웡 칭린은 재활용을 하지 않았다.

죽으면 다시 만들면 될 뿐.

그렇기에 무영은 몸짓으로 분노하고 있었다.

투기라고 할 수도 있을 것이다.

주변의 공기가, 마력이 무영을 중심으로 돌기 시작했다.

살수림 살수들의 사소한 움직임, 버릇, 그 모든 걸 무영은 알고 있었다.

숨 쉬는 간격과 뛰는 심장의 율동마저 꿰었다.

그들 모두를 암살하고 웡 청린을 죽이고자 무영은 그들의 모든 걸 파악했다.

사소한 것 하나까지 놓치지 않았다.

'모두가 같지만 조금씩 다르다.'

그래서 저들이 그냥 평범한 인형이 아님을 무영은 알았다.

생전의 사소한 버릇 같은 것은 아무리 교정되고 세뇌되어도 바뀌지 않는다.

예컨대…… 지금 눈앞의 살수가 그러하다.

'493호. 오른쪽 발을 저는 건 여전하구나.'

무영은 이를 드러내며 웃었다.

493호는 태생적으로 양쪽 발의 균형이 맞지 않았다.

나중에 교정술을 받으며 고쳐졌지만 살수가 된 뒤에도 습관처럼 오른쪽 발을 절었다.

무영은 웃으며 다가오는 493호의 품으로 파고들어 심장을 먹어 치웠다.

네 명의 살수가 차디찬 시체가 되어 바닥에 몸을 눕혔다.

'죽음의 예술.'

하나, 되살린다.

과거의 동료가 현재의 아군으로 부활했다.

그렇게 칠흑의 복수자들이 붉은 달빛 아래에서 하나둘 되돌아오고 있었다.

어벤져의 숫자가 늘어갔다.

무영은 그들을 그대로 풀었다.

모든 골목을 무영 혼자서 지킬 수는 없었기 때문이다.

그리고 어벤져는 착실하게 살수만 골라서 사냥하기 시작했다.

물론 '왕자와 가신들'의 버프 효과를 받더라도 수월하게 사냥할 수는 없다.

그러나 한 가지 효과가 더 추가된다면 이야기가 다르다.

'뇌전술사.'

무율세가, 율령의 시체를 말미암아 만들어진 데미 리치.

뇌전술사는 한 가지 특이한 효과를 부여할 수 있었다.

'번개 룬.'

바로 번개 룬이 입혀진 대상을 강화시키는 것!

힘과 체력이 4~6가량 늘어났다.

개체마다 조금씩 차이는 있지만 모든 능력치+5 효과와 중첩되어 본래 갖춘 능력 이상의 움직임을 보일 수 있었다.

어벤져는 더욱 확실하게 어둠 속으로 스며들었다.

성의 비밀 통로만을 이용하도록 지시했기에 누군가에게

걸릴 일도 없었다.

그리고…… 죽은 살수들이 차곡차곡 무영의 앞으로 도착했다.

모두 400번 이상의 하급 살수들.

300번대부턴 중급으로 취급을 받는다.

200번대는 상급 100번대는 최상급. 그런 식이었다.

400번부터 500번까지의 살수들이 활동하고 있다면 어쨌든 100명 이상의 살수를 잡는 셈이었다.

'웡 청린의 발목을 잡는다.'

무영은 스스로를 냉정하게 파악했다.

지금은 웡 청린의 발목을 잡는 게 한계였다.

애당초 웡 청린은 없었고 활동하는 건 꼭두각시의 하급 살수들뿐이었다.

그가 하급 살수 전부를 이곳에 푼 이유가 뭐겠는가.

초보자를 납치해 인형을 늘릴 계획이다.

그러니 최대한 그의 발목을 잡는 수단은 바로 초보자 사냥을 막는 것이다.

'오늘 하루면 충분하다.'

아무리 아홉 길드와 오대세가의 암묵적인 동의가 있다고 하더라도 살수가 매일같이 대도시를 휘젓는 걸 묵과할 리는 없다.

길어봐야 오늘 하루.

이후 다시금 살수가 활동한다면 벌레처럼 눌러 죽이리라.
물론 외에도 거대 집단끼리의 알력다툼으로 살수림을 이용하는 경우가 매우 많았지만 표면적으로는 그렇다.
일종의 약속 같은 것이었다.
속은 썩었을지언정 겉은 멋으로 포장하는 게 그들이었으니.
살수림이 아무리 대단해도 거인들의 협약이 있기에 존재할 수 있는 것이다.
어쨌든 어벤져의 수는 꾸준히 늘어났다.
그렇게 30기의 어벤져를 채워 넣자 법보에 변화가 생겼다.

〈'왕자와 가신들' 법보가 '왕자와 복수자들'로 개명됩니다.〉
〈예술 점수가 79점으로 상향 조정됩니다.〉
〈'다크 구울'의 레벨이 54 –〉 65로 상향됩니다.〉
〈'어둠 오라' 버프 효과가 최대 30기에서 50기로 늘어납니다.〉

법보의 진화!
보통은 같은 법보 다섯 개를 모아야 법보가 강화된다.
그러나 이건 강화를 넘어서 진화에 가까웠다.
죽음의 예술과 법보가 합쳐지며 낳은 놀라운 일.
'이런 방법이 있었군.'
무영조차 전혀 예상하지 못했다.

10장
아수라

새로운 발상.

힘을 기를 한 가지 길이 더 트인 셈이니 나쁠 건 없다.

무영은 긍정적으로 받아들였다.

곧 다크 구울의 몸집이 조금 더 커지며 민첩해졌다.

쿠엑. 쿠에에엑.

심성 또한 사나워진 듯싶다.

그런 다크 구울의 영향을 받아 어벤져의 눈빛이 더욱 흉포해졌다.

'복수자들'이라는 이름에 걸맞게 피를 갈구했다.

이러한 부분은 무영의 통제를 벗어나 있었다.

'시체의 상태가 온전치 못하군.'

무영은 눈살을 찌푸렸다.

거의 난도질된 수준으로 하급 살수의 시체가 하나둘 도착하기 시작한 것이다.

덕분에 죽음의 예술 스킬을 사용할 빈도가 줄었지만 크게 개의치는 않았다.

어쨌든 웡 청린의 발목은 제대로 잡았다.

초보자의 수급 없이 하급 살수 모두를 잃으면 웡 청린에게도 타격이 갈 수밖에 없다.

지이잉.

때마침 무영의 머릿속에서 신호 하나가 끊겼다.

어벤져 하나가 죽었다는 신호였다.

'후퇴하기 시작했군.'

그리고 어벤져가 죽으며 보인 심상이 무영의 머릿속으로 지나갔다.

멀리 퍼져 있는 언데드를 세밀하게 움직일 순 없지만 이처럼 언데드가 죽을 때의 정보가 흘러오게 할 수는 있었다.

머릿속으로 흘러들어 온 영상 속에서 무영은 다수의 무리를 발견했다.

서른 가량의 살수가 함께 움직이며 대도시를 빠져나가는 중이었다.

'400번.'

그중 한 남자의 존재를 무영은 놓치지 않았다.

100단위의 번호를 부여받은 살수는 0번인 웡 청린에 의해

원격 조작을 받는다.

신호기와 같다.

조금 더 체계적이고 손쉽게 살수들을 움직이고자 고안된 방법.

일이 제대로 틀어졌음을 깨달은 웡 청린이 일단 후퇴 명령을 내렸고 다른 살수들과 대도시를 빠져나가려는 게 분명했다.

무영은 빠르게 결단을 내렸다.

화르륵!

서슬 퍼런 얼굴로 남은 시체들에 불을 붙였다.

과거의 형제를 모두 끌고 갈 수 없는 건 아쉬우나 성치 못한 상태로 어벤져가 되어봤자 별달리 도움되지 않는다.

차라리…… 편히 보내주는 게 낫다.

불이 붙은 즉시 무영은 붉은 망토를 휘날리며 모든 어벤져를 데리고 움직이기 시작했다.

대도시를 빠져나가는 방법은 몇 가지가 있지만 그중 웡 청린이 즐겨 사용하는 길은 한 곳뿐이다.

14일을 주기로 구조가 변형되는 지하 통로.

온갖 구정물과 쥐로 둘러싸여 누구도 발을 들이지 않지만 유일한 장점이라면 그래서 어떠한 방비도 되어 있지 않다는 점이었다.

평범한 지하수로는 외적의 침입을 대비한 마법진과 함정이 설치되어 있다. 게다가 경비병이 수시로 순찰한다.

그런 곳을 몰래 뚫기란 여간 귀찮은 일이 아니다.

하지만 지금 무영이 서 있는 이 통로만큼은 누구에게도 알려지지 않았다.

대도시를 지배하는 두 거대 세력인 '태양 길드'와 '무율세가'의 최상부조차도 모르는 비밀의 장소다.

오로지 웡 청린만 안다.

아니, 이제는 무영과 웡 청린만 안다.

하지만 무영이 알고 있다는 걸 웡 청린은 모른다. 그 사소한 차이가 실패를 야기했다.

"기다리고 있었다."

스릉.

무영은 비탄을 뽑았다.

무영이 있는 곳으로 향해오던 30여 명의 살수가 멈칫하자 그 즉시 어벤져들이 사방을 덮쳤다.

기존의 하급 살수들이 더 강화된 형태.

몇 가지 버프가 중첩되며 웬만한 중급 괴물 빰치는 수준으로 격상한 어벤져다.

콰득! 찌이익!

광폭해진 어벤져들이 미쳐 날뛰었다.

무영은 벽을 타고 400번을 향해 직선으로 내달렸다.
좌앙!
"네놈은 누구냐?"
검과 검이 부딪혔다.
400번은 무영을 똑바로 바라봤다.
'웡 청린, 직접 개입했구나.'
무영의 입꼬리가 조금씩 올라갔다.
단순히 명령만 내리던 그가 400번의 몸을 빌려서 나타났다.
비탄이 피를 갈구하며 허공을 강하게 때렸다.
평범한 하급 살수라면 피할 수 없는 세밀한 공격을 그가 막아섰다.
넓은 범위로 보자면 빙의에 지나지 않지만 그의 전투 감각이 가미된 것만으로도 전혀 다른 모습을 보이는 것이다.
"어떻게 이 길을 알고 있는 거지?"
여유.
절대강자만이 가진 여유가 그의 말투에서 느껴졌다.
하지만 무영도 전력을 내보이진 않았다.
오로지 순수한 기술만 가지고 그를 상대하는 중이었다. 그리고 싸움을 이어가며 확신했다.
'이길 수 있다.'
과거와 같은 수준의 힘을 찾을 수만 있다면 웡 청린을 어렵지 않게 이길 수 있으리란 확신.

웡 청린의 살인 기술은 뱀과 같이 빠르고 섬세하지만 무영은 그 모든 것을 파훼할 수 있었다.

같은 기술을 사용하는데 파훼하지 못할 리가 있겠는가.

"그 기술, 그 몸짓. 어디서 배웠느냐."

"웡 청린."

"……그 이름을 어찌?"

400호의 몸을 빌린 그가 말을 잃었다.

자신의 이름을 아는 사람이 세상 어딘가에 있으리라곤 전혀 몰랐겠지.

웡 청린은 그림자 속에서 살아가는 자다.

누구의 의식 속에도 투영되지 않기에 실질적으로 그의 이름을 아는 사람은 없었다.

무영 빼곤.

투악!

왼쪽 어깻죽지를 잘라냈다.

균형을 잃고 휘청댈 때 무영은 배에 비탄을 꽂는 것으로 쐐기를 박았다.

"나는 너를 알지만 너는 나를 모른다."

"네놈…… 누구냐."

미치광이 군주의 투구로 인해 얼굴은 가려진 상태였다. 지금 상황에서 웡 청린이 무영을 알아낼 방법은 없었다.

하여 무영은 속삭이듯 짧게 경고했다.

"기다려라. 내가 가마."

좌아악!

납치된 초보자들은 다음 날 아침이 되어서야 깨어날 수 있었다.

"여, 여긴?"

"저건 또 뭐야!"

하지만 주변엔 낭자한 피와 타버린 시체만이 즐비했다.

경비대가 순찰하며 그들을 여관까지 데려다주고 나서야 사건은 일단락되는 듯했다.

그들은 빠르게 시체를 치우고 아무 일도 없었다는 듯이 행동하였다.

그러나 여전히 의문은 남았다.

누가 자신을 납치했으며 왜 그들이 타버린 시체로 나뒹구는 것인지.

몇몇은 구울과 같은 형상의 괴물을 언뜻 본 것 같다고 증언했지만 소수의 몇 명을 빼곤 헛소리로 치부해 버렸다.

거대 길드나 세가에선 은연중 범인 색출이 이뤄지고 있었지만 귀신처럼 사라져 버린 대상을 찾기란 요원한 일이었다.

다만 그 극소수의 사람은 공포에 절어 몸을 떨 수밖에 없었다.

"학살자다……. 탑의 학살자가 돌아온 거라고……!"

다음 날 점심.

무영은 많은 이와 함께 여관의 1층에서 설명을 듣고 있었다.

"저희 오동나무 길드로 말할 것 같으면 50명의 소수 정예로 이루어진, 30년간 이어져 온 역사 있는 길드라고 자부할 수 있습니다. 지금 네 자리가 비어서 들어올 사람을 찾고 있습니다만 들어오신다면 전폭적인 지원을 아끼지 않겠습니다. 아, 이왕이면 체력 수치가 40 이상이신 분이었으면 합니다."

식사 시간.

한 남자가 들어와서 느닷없이 이야기를 시작한 것이다.

다른 이들이 남자에게 신경이 쏠린 사이 무영은 천천히 스프를 음미하고 있었다.

'아홉 길드와 오대세가는 이미 모든 접촉을 끝마쳤다. 찾아오는 자들은 한 명 한 명이 아쉬운 소규모 집단뿐.'

슬쩍 고개를 돌리자 김태환, 배수지 등이 자못 심각한 표정으로 멍하니 바닥만 바라보는 중이었다.

이미 누군가가 접촉한 것이리라.

될 성 싶은 떡잎은 천하의 그들도 욕심낼 수밖에 없었다.

우수한 노예는 많을수록 좋은 법이니 말이다.

당연히 정보 왜곡의 법보로 자신을 숨기고 있던 무영에겐 아무도 찾아오지 않았다.

굳이 따지자면 살수들이 찾아오긴 했지만 스카우트가 아니라 납치하려고 온 것이다. 반가운 손님이라 치부하기엔 거리가 있다.

실제로 김태환과 배수지에게서 미약한 마력의 향이 났다.

'표식 스킬.'

접촉을 위해 찾아온 이가 '표식'을 남겨둔 것.

살수들이 저 둘은 피해간 이유다. 표식이 남겨진 초보자는 납치 대상에서 제외된다는 걸 무영은 알고 있었다.

"저희 오동나무 길드는 다른 곳보다 하늘 도서관의 대한 정보도 많이 가지고 있습니다. 하늘 도서관에서 원하는 스킬을 하나씩 배울 수 있다는 사실은 이미 다들 알고 계실 겁니다. 아무런 정보도 없이 들어가는 건 정말 멍청한 짓입니다. 뭘 배우느냐에 따라서 앞으로의 방향과 수명이 달라지니까요. 자신의 적성에 맞는 스킬을 배울 필요가 있습니다."

입구에 선 남자가 열심히 떠들자 많은 사람이 흥미롭게 쳐다봤다.

대도시라고 하더라도 거대 집단만 있는 건 아니었다.

초보자를 낚고자 소규모 집단도 열심히 돌아다녔다.

여러 가지 이유가 있겠지만 그들이 노리는 건 대부분 '하늘 도서관에서 초보자가 얻을 스킬'이었다.

'집단에 도움이 되는, 또는 어떠한 시련을 통과할 때 필요한 스킬을 익히게 하려는 의도겠지.'

순수한 의도로 초보자를 거둬서 마냥 전폭적인 지원을 해주려는 집단은 거의 없었다.

초보자가 배울 스킬을 골라주고 그 이점을 살려 이용하려는 곳이 대부분이었다.

하늘 도서관은 방대하고 그만큼 배울 수 있는 스킬의 종류도 많았다.

하나만 고를 수 있지만 그 하나가 앞으로의 행보에 큰 영향을 끼치리란 건 명백한 사실.

물론 순수한 의도로 도와주려는 '착한 집단'이 아예 없는 건 아니지만 손에 꼽았고 있다손 치더라도 몇 년을 버티지 못해 사라지기 일쑤였다.

그리고 오동나무 길드는 무영이 봤을 때 훌륭한 양아치 집단이었다.

'진정으로 도와주려는 자는 조건을 붙이지 않는다.'

'체력 40 이상'으로 제한한 이유가 무엇이겠는가.

특정 조건을 만족해야만 배울 수 있는 스킬이 있고 그게 지금 당장 필요해서다.

이용하려는 티가 너무 난다.

"구체적으로 지원해 주는 게 뭐죠?"

가만히 듣고 있던 한 여자가 묻자 남자가 친절하게 답했다.

"C등급의 장비 전체와 기본 법보들, 그리고 성장하기 좋은 사냥터를 소개해 드리겠습니다. 사제 계열의 친구들도 있기 때문에 빠른 성장이 가능할 겁니다. 무엇보다."

남자가 헛기침을 하며 말을 이었다.

"이곳에서 공짜라고 할 수 있는 건 아무것도 없습니다. 명심하십시오. 물을 마시는 것조차 물물교환이 전제됩니다. 저희 길드에 들어오면 먹고 자는 부분에 있어선 자유로울 것이라고 약속드립니다."

"이 세계엔 공통 화폐 같은 게 없나요?"

반복된 질문이 짜증 날 법도 하건만 남자는 여전히 웃는 낯으로 대했다.

"음, 무난한 건 법보죠. F등급 법보 한 장이면 세 끼는 챙겨 먹을 수 있습니다. 생산직 관련 길드에 들어가서 밭을 매거나 물건을 만들어도 나쁘진 않습니다만 환경이 열악해서 생존하기가 쉽지 않을 겁니다. 그다지 추천은 안 합니다."

화폐의 단위.

괴물의 가죽이나 고기도 물물교환의 대상이 되기는 하지만 공통으로 사용되는 건 법보다.

그리고…… 모두 싸우기만 하는 건 아니다.

생산직과 관련된 집단이 분명히 존재하고 있었다.

다만 겁이 많거나 신체적 결함이 있는 자가 대부분이었다.

예외로 대장장이는 취급이 좋긴 하지만 배로 힘들다.

기존 장인들의 텃세가 심하고 관련 스킬의 숙련도를 쌓아서 랭크를 높이지 못하면 버림받는 경우도 비일비재하다.

남자가 어깨를 으쓱했다.

"저희처럼 파격적인 조건으로 초보자를 영입하려는 길드나 세가는 거의 없을 겁니다. 심지어 거대 길드나 세가는…… 알잖습니까? 유망주를 들여서 학살을 자행했죠. 무조건 크다고 좋은 게 아닙니다. 그러니 부디 잘 생각하시고 결정 내려주길 바랍니다."

여기 아니어도 찾을 곳은 많다는 듯 이야기를 끝마친 남자가 뒷짐을 졌다.

사람들은 너 나 할 것 없이 눈치를 봤다.

선택은 한 번. 모든 걸 좌지우지한다.

하지만 남자의 말에 거짓은 없어 보였다.

만약 이대로 놓친다면…… 더 좋은 조건의 장소를 구할 수 있을까?

푸른 사원을 겪은 사람들은 안전이 보장된 곳을 원했다. 힘이 있어야 함을 모두가 알고 있었다.

"체력 40 이상이면 받아준다고? 들어가겠소."

한 명이 손을 들자 몇 명이 그 뒤를 따랐다.

"저도! 저도 받아주세요."

"체력이 1 부족하긴 한데 부탁드립니다."

오동나무 길드는 순식간에 4명을 채웠다.

이후로 여관을 몇몇 길드와 세가가 순회했다.

길드는 주로 백인과 흑인이, 세가는 황인으로 구성된 경우가 많았다. 둘 다 적절하게 섞여 있는 곳도 있었지만, 약간의 인종적인 차별 같은 게 은연중에 떠돌았다.

그리고 여관 내에 있는 사람의 숫자가 적어질수록 남은 사람은 초조해질 수밖에 없었다.

100명이었던 사람이 반나절 만에 20명 내외가 되었다.

'맛이 괜찮군.'

그러거나 말거나 무영은 묵묵히 술맛을 음미하는 중이었다. 마지막으로 술을 먹어본 게 언제인지 기억조차 나지 않았다.

"형님."

무영은 옆에서 들려온 소리에 고개를 돌렸다.

김태환이 옆에 앉아 심각한 얼굴로 작게 말했다.

"……태양 길드로부터 제안이 왔습니다. 제가 어쩌면 좋겠습니까?"

태양 길드는 이곳 대도시를 양분하는 집단 중 하나다.

'알렉산드로 퀸타르트.'

동시에 인류 10강 중 하나인 남자가 길드 마스터로 있는 곳이었다. 태양 길드는 매달 많아야 10명 안팎으로만 낚기로 유명하다.

그런 곳에서 김태환을 눈여겨보고 제안을 건넸다.

평소라면 무심하게 넘어갔겠지만 무영도 조금 흥미가 일었다.

"올라가서 얘기하지."

무영은 술잔을 내려놓고 자리에서 일어났다.

작은 방 안에 두 명이 마주하고 앉았다.

김태환은 무영이 뭐라 하기도 전에 먼저 입을 열었다.

"어제 오후에 그들이 찾아왔습니다. 넓은 건물 하나와 B등급의 장비들을 지원해 주겠다고요."

"너의 성장 가능성을 높게 봤나 보군."

"모르겠습니다. 다만, 제 소유지가 있다면 다른 사람들과 헤어지지 않고도 함께할 수 있지 않겠습니까?"

"마음 가는 대로 하면 되는 거 아닌가? 나쁘지 않은 조건이면 승낙하지 않을 이유가 없다."

김태환이 길게 한숨을 내뱉었다.

"그게…… 후! 태양 길드 역시도 그 난투판에 '심판자'를 투입했다고 들었습니다. 사람의 목숨을 개미처럼 여기는 자들입니다. 아무리 조건이 끌린다고 해도 그런 자들과 함께하긴 싫습니다."

모든 게 좋을 수만은 없는 법이었다.

김태환의 얼굴에 질색한 게 그대로 드러났다.

"게다가 의도가 왠지 이상했습니다. 단순히 제 가능성만 보는 게 아니라 누군가를 찾는 것만 같은 기색을 느꼈습니다. 이상한 질문을 던지더군요."

"이상한 질문이라면?"

무영도 집중해서 김태환을 바라봤다.

태양 길드가 누군가를 찾고 있다. 알렉산드로 퀸타르트의 지시일 가능성이 높았다.

"푸른 사원에서 솔로몬의 전당에 이름을 올린 사실이 있다면 더욱 파격적으로 대우해 주겠다고요. A등급의 무장과 법보, 작은 성도 하나 준다더군요. 저는 그게 뭔지 몰라서 대답하지 않았습니다만 이후로도 비슷한 이야기가 계속 나왔습니다."

이보다 더 파격적일 수는 없었다.

고작 초보자에게 들이는 투자치고는 분에 넘친다.

작은 성은 차치하고 A등급의 무장이나 법보는 어느 정도 규모가 있는 집단의 최상위자만 사용할 수 있는 것이다.

태양 길드라면 '어느 정도'의 규모를 넘어서는 거대 길드이긴 하지만 고작 초보자 한 명을 들이는 데 투자하는 비용치고는 과하다.

하물며…… 하늘 도서관에 있는 최상급 스킬에 대한 정보를 푼다는 것도 심상치 않았다.

하늘 도서관에 대한 정보 경쟁은 매우 치열하고 최상급 스킬 같은 경우는 한 명이 익히면 사라지게 되어 있었다. 다른 사람은 다시 익히는 게 불가능하다는 뜻이다.

고위급이나 유망주도 아닌 1세대 초보자에게 그런 정보를 푼다?

태양 길드라도 그만한 정보를 무한히 생성할 수는 없는 노릇. 마냥 선의라고 보긴 어려웠다.

목적이 있다. 대놓고 누구라도 혹할 수밖에 없는 조건을 내걸며 낚시를 하고 있었다.

어느 집단도 내걸지 못할 보상.

경고성에 가까웠다.

누구도 노리지 말라는.

태양 길드는 그만한 힘이 있었다.

대체 왜일까?

'지금 시기의 태양 길드에 대한 정보가 거의 없는 게 아쉽군.'

무영도 쉬이 짐작할 수 없었다.

이 시절 태양 길드에 무슨 내부적인 사정이 있는지에 대한 확실한 정보가 없었다. 알렉산드로 퀸타르트는 암살의뢰가 없었기에 과거 무영이 죽이지 않은 사람 중 한 명이다. 오히려 가장 많이 의뢰한 사람 중 한 명이다.

사실상 기득권층의 절정이라 보아도 된다.

용군주도 알렉산드로 퀸타르트의 의뢰에 따라서 죽였으니 그런 그가 개입한 이상 사사로운 일은 절대로 아닐 것이다.

'솔로몬의 전당을 언급한 건 나를 찾겠다는 것일진대.'

무영 외에도 누군가가 다른 전당에 이름을 올렸을 가능성은 있었다.

무영이 푸른 사원에서 이름을 올린 전당들 외에도 기록을 세울 건 많았으므로.

하지만 태양 길드, 알렉산드로 퀸타르트의 이름이 새겨진 전당은 많지 않을 터였다.

기껏해야 무영이 해결한 보스전이나 더 어려운 무언가이겠지.

누군가가 자신을 찾을 수도 있다는 생각은 했지만 그 처음이 태양 길드인 건 살짝 의외였다.

무영은 한참을 생각에 잠겼다.

그때 김태환이 말했다.

"형님, 차라리 저희가 하나 만드는 건 어떻겠습니까?"

"무엇을?"

"길드 같은 걸 말입니다. 형님께서 나서기 싫어한다는 건 알지만 형님이 길드 마스터가 된다면 최소한 같은 사원의 사람들은 믿고 따를 겁니다."

무영은 고개를 저었다.

"나는 그런 곳에 소속될 생각이 없다."

혼자서 걸을 생각이다.

어딘가에 소속되는 순간 무작정 앞만 보고 달릴 수 없게 된다.

적은 많고 너무나도 강했다.

하물며 무영 스스로가 집단행동에 어울리지 않는 인간이었다.

자신을 잘 알았기에 그런 권유는 전혀 반갑지 않았다.

"그러면 이대로 흩어져야 합니다. 다들 불안해하지 않겠습니까?"

"네가 해라."

"예?"

"그 길드를 만드는 걸 네가 하라는 말이다."

무영은 냉정하게 말했다.

그가 태양 길드로 가고자 했다면 말리지 않았을 것이다.

그의 영웅성이 빛을 바래긴 하겠지만 만에 하나 밑바닥부터 훑고 올라갈 가능성이 아예 없진 않았다.

하지만…… 가지 않겠다면 진정한 군주의 길을 걷는 게 낫다.

물론 누구도 가기 싫어하는 가시밭길이다.

이곳에서 모난 돌은 정에 맞기 십상이었으니까.

하지만 버틸 수만 있다면 작은 바람은 불게 할 수 있으리라.

작은 바람은 이내 거친 돌풍이 되고 나아가 태풍이 될 터.

영웅이란 그런 존재다.

적어도 무영이 가는 방향과는 달랐다.

"제가……요?"

김태환은 눈을 껌뻑였다.

전혀 생각지도 못했다는 듯이.

자신의 영웅성에 대해서 김태환은 모르고 있었다.

그러나 쉽사리 변치 않는 꿋꿋한 기개는 아무나 가질 수 없는 것이었다.

무영이 보기에 그는 여타 다른 영웅처럼 보이지 않는 무게를 가지고 있었다.

"진정으로 뜻을 펼치겠다면 그래야 한다. 힘들겠지만 성공했을 때 그만큼의 과실을 딸 수도 있겠지."

무영은 자리에서 일어났다.

"이 세상은 먼저 움직이는 자에게 합당한 보상을 내려준다. 휩쓸리기만 하는 자는 아무것도 얻을 수 없다."

이 정도가 무영이 해줄 수 있는 조언의 전부였다.

나머지는 김태환이 선택할 일이다.

김태환은 한참이나 자리에 앉아 고민을 이어 나갔다.

무영은 그런 그를 잠시 바라보곤 문을 나섰다.

뻔히 보이는 낚시에 걸려줄 생각은 없었다.

과거의 기억이 없었다면 태양 길드가 내건 미끼를 덥석 물 수도 있었겠지만 알렉산드로 퀸타르트가 얼마나 앞뒤가 다른 인간인 줄 알기에 기색도 비추지 않을 작정이었다.

무영은 다음 날 아침이 밝자마자 가만히 대도시의 거리를 걸었다.

중세 시대를 방불케 하는 건물 양식들.

수많은 인파가 모여 있었고 간혹 초보자도 섞여 있었다.

'스카우터들.'

그리고 그들 사이에서도 기척을 숨긴 채 주변을 탐색하는 자들이 있었다. 혹시나 찾지 못한 숨은 진주를 물색하고자 풀어놓은 스카우터들이다.

무영은 대놓고 거리를 활보하며 그들의 눈에 띄어 '능력 없음'을 보여줄 셈이었다.

정보 왜곡의 법보로 설정한 능력치는 다른 평범한 이들과 비교해도 특출할 게 없었으니.

"이 세상에 다시없을 각종 꼬치 튀김! 아무런 법보 한 장이면 다섯 개로 교환해 드립니다!"

"작고 귀여운, 훈련 잘된 사냥개들이 꼭 필요할 겁니다."

"사진과 같은 그림 그려드립니다. 추억으로 한 장 남기십시오."

대도시는 한창 축제였다.

한 달에 한 번씩 열리는 대목.

수천, 수만의 초보자가 넘어오는 이때엔 푸른 사원에서 얻은 법보나 시련의 보상으로 얻은 장비 따위가 넘치게 흘러들어 왔다.

강자라면 쳐다보지도 않을 물건이지만 몇 년 차 되지 않은 이들이나, 강해지는 걸 포기한 이들에겐 생계와 같았다.

대도시에 상주하는 인원만 백만에 가깝다.

모두가 어딘가에 소속되거나 강하기만 할 수는 없었다.

그리고 법보의 경우는 아무리 등급이 낮아도 강화나 합성 등으로 이용할 수 있기 때문에 범용성이 넓어 화폐로 사용되고 있었다.

법보의 중요성을 모르는 초보자들은 거리낌이 없었다.

가뜩이나 쓸모가 적었다고 생각한 게 화폐로 이용되자 도리어 들뜬 모습이다.

'고대왕의 성에 숨겨진 축복이 있었지.'

무영은 그들을 무시하고 천천히 성의 외곽을 크게 돌았다.

각 건물의 위치 따위는 기억과 달라진 점이 없었다.

나름 빠른 걸음으로 걸었음에도 저녁이 되어서야 겨우 한 바퀴를 모두 돌 수 있었다.

〈지정된 조건에 따라 고대왕의 성을 한 바퀴 돌았습니다.〉

〈고대왕의 축복으로 지능이 '1' 상승합니다.〉

고대왕의 성에 숨겨진 기능이다.

이른 아침에 시작해서 저녁에 끝내야 한다는 조건이 있지만 아는 사람은 별로 없었다.

이처럼 고대왕의 성에는 아직도 밝혀지지 않은 점이 많았다.

'다음은 시계탑에서 두 시간 동안 명상을 한다.'

체력을 1 올려주는 축복이 시계탑에 걸려 있었다.

웃기지도 않은 조건부 축복이긴 했지만 고대왕이라는 자가 괴짜인 데다 예술에 매우 관심이 많았기 때문일 것이다.

건물 양식이나 배치 등만 봐도 알 수 있는 부분이었다.

하늘 도서관에 오르기 전까지의 시간도 허투루 보낼 수는 없었다.

무영은 부지런히 움직였다.

며칠 지나지 않아서 태양 투구를 쓴 남자 한 명이 여관으로 들이닥쳤다.

"무영, 배수지, 리리와디는 저를 따라와 주십시오."

세 명이 호명됐다.

무영은 직감적으로 '하늘 도서관'에 오를 차례가 되었단 걸 깨달았다.

한 번에 300명밖에 못 들어가기 때문에 더 오래 기다려야 할 줄 알았건만 두 번째로 호명된 건 의외였다.

"아저씨, 가요."

며칠간 끙끙 앓던 배수지가 당차게 자리를 박차고 걸어 나갔다.

무언가 크게 결심이라도 내린 모습이다.

무영은 잠시 그 모습을 바라보다가 목적을 다시금 상기했다.

'하늘의 눈.'

하늘 도서관에서 반드시 얻어야 할 스킬.

도서관에 있는 정보라면 모든 걸 알 수 있게 해주는 만능의 지식 창구.

스킬의 랭크에 따라서 정보가 제한되기는 했지만 도서관의 일면을 살피는 것만으로도 크게 도움될 것이다.

무영이 미처 파악하지 못한 것들을 보완해 줄 수 있는 게 바로 하늘의 눈이다.

'반드시 얻는다.'

천천히 발을 움직였다.

하늘 도서관은 성의 서쪽에 위치했다. 이름답게 하늘에 붕 뜬 상태였는데 구름으로 만들어진 계단이 다행히 연결되어 있었다.

총합 300명이 거대한 입구 앞에서 안의 사람들이 나오기를 기다렸다.

그리고 그중 한 명.

'태양 길드의 꼬맹이가 끼어 있군.'

이제 16살이나 되었을 법한 소년 한 명이 맨 앞에 있었다.
태양 투구를 착용한 호감형의 소년이었다.
소년을 비롯한 절반가량은 매우 자신감이 있는 표정이었다.
길드나 세가에 가입한 사람들.
장비도 바뀌어 있었고 하늘 도서관에 대한 정보도 미리 들었기 때문이리라.
하지만 하늘 도서관은 결코 호락호락한 장소가 아니다.
'매번 시련이 바뀌지.'
스킬을 그저 공짜로 내줄 리 없었다.
고위급의 스킬일수록 얻기 어렵게 되어 있으며 그 시련은 매번 바뀌었다.
방심하다간 그대로 목숨을 잃고 만다.
끼이이이이익-!
곧 하늘 도서관의 문이 열리며 사람들이 튀어나왔다.
220명가량.
대부분이 어깨를 축 늘어뜨리고 있었다. 눈가에 난 다크서클은 한 숨도 잠을 못 이뤘음을 증명했다.
그들은 마치 시체처럼 계단을 내려갔다.
모두가 알아차릴 수밖에 없었다.
나오지 않은 사람은 모두 죽었다는걸.
"들어가셔도 좋습니다."
태양 투구를 쓴 남자들이 주변을 지키고 있었다.

한 명이 나서며 손을 내밀자 사람들은 숨을 죽인 채 하늘 도서관 안으로 몸을 들이기 시작했다.

〈모든 단일 순수 능력치가 100 이하인 사람에 한하여 한 번만 입장 가능〉

〈입장 가능 제한 300명〉

〈3일 뒤 문이 열린다.〉

〈한 가지 스킬만 선택 가능〉

〈그림자를 조심하시오.〉

〈하급의 방 – 그림자 12기〉

끼이이익!

쿵!

문이 닫히고 상태창 시계 위로 장문의 글들이 떠올랐다.

'그림자. 망령 계열 시련이로군.'

주변은 껌껌했다.

대략 3초에 한 번씩 불이 들어왔다가 꺼지기를 반복했다.

"하급의 방, 그림자 12기?"

"불은 왜 계속 꼈다가 켜지는 거야?"

사람들이 의아함에 고개를 갸웃했지만 간간히 들어오는 불빛으로 사방에 놓인 책들을 확인할 순 있었다.

그야말로 압도적인 넓이.

끝이 보이지 않게 서적들이 길게 늘어서 있다.
바깥에서 보던 것보다 더 넓은 듯싶었다.
"일단 움직여……."
"잠깐, 바닥에 뭔가 있는 거 같은데?"
"커헉!"
움직이기도 전에 한 명이 단말마를 내질렀다.
옆에 선 사람이 난데없이 공격을 해왔기 때문이다.
"이 새끼가 미쳤나!"
모두가 보는 앞에서 그런 짓을 저질렀으니 멀쩡히 두 발로 걸어 다닐 수 있을 리가 없다.
눈에 불을 켜며 공격한 사람을 치려고 할 때였다.
"망령이다! 바닥의 망령을 조심해라! 그리고 그림자가 두 개인 사람을 경계해라!"
태양 투구를 쓴 소년이 외쳤다.
'상황판단이 좋군.'
무영은 가만히 주변을 살폈다.
'남은 망령은 11기.'
불이 켜질 때는 멈췄다가 불이 꺼지면 움직이는 망령이 있었다.
망령은 닿는 사람에게 빙의할 수가 있었다.
1기가 방금 죽었으니 이제 남은 건 11기다.
사람들이 눈에 불을 켠 채 바닥을 훑었다.

하지만 눈이 아무리 좋아도 도서관 전체가 3초 간격으로 밝았다가 어두워지면 쉽사리 적응하지 못하는 법.

설령 적응한다고 한들 어둠 속에서 움직이는 그림자를 완벽하게 잡아낼 수는 없었다.

"으헉!"

"그림자 두 개! 어, 어떻게 해야 되는 거야? 죽여?"

혼란은 가중됐다.

이런 식의 시련은 그들로서도 처음 겪는 것이었다.

단순한 괴물의 침공이 아니라 옆에 있던 사람이 그림자와 빙의하여 공격해 온다.

빙의가 됐는지 사전에 알아차릴 방법은 그 사람의 그림자가 두 개인지 확인하는 것뿐이다.

하지만 어떤 식으로 제압할 것인지 전혀 감을 못 잡고 있었다.

'어려운 시련이 걸렸군.'

손쓰기 어려운 망령 종류의 시련이 걸리는 경우는 거의 없었다.

물리적인 타격이 안 통하는지라 오로지 순발력과 그때그때의 재치로 풀어가야 한다.

꾸욱!

배수지가 무영의 옷깃을 잡았다.

약간 몸을 떠는 걸로 보아 망자는 무서운 모양이었다.

괴물이나 사람이 죽어 나가는 건 익숙해졌지만 망자는 좀 더 다른 차원에 있다고 여겨서일까.

무영의 시선이 닿자 배수지가 허리를 꼿꼿이 세웠다.

"무서운 건 아닌데요. 잠깐만 이러고 있어도 돼요?"

"여명의 검을 써라."

"지, 지금요?"

무영은 고개를 끄덕였다.

배수지가 남은 한 손으로 여명의 검을 소환했다.

여명의 검은 마력을 근거로 만들어지는 검이다.

여명의 발키리가 가진 빛의 속성이라면 어둠 속성인 망령과도 대비된다.

통할 가능성이 없지 않았다.

"그림자가 다가온다. 내가 신호하면 베어라."

"네, 알겠어요."

그림자 한 기가 무영과 배수지가 있는 쪽을 향해 거침없이 다가오는 중이었다.

무영의 눈은 깊숙한 어둠을 누구보다 정확하게 꿰뚫었다.

"지금."

"흡……!"

스악!

정면으로 여명의 검이 그림자의 머리 부분을 쪼갰다.

하지만 그림자는 잠시 주춤거렸을 뿐 멈춰 서지 않았다.

무영은 배수지의 뒷목을 잡고 그대로 들어 올렸다.

어미 고양이가 새끼의 목을 물고 옮기듯 재빠르게 그림자의 영역에서 빼낸 뒤 배수지를 내려놓았다.

'통하긴 하지만 능력이 부족해서 벨 수가 없다.'

잠정적으로 내린 결론이었다.

배수지의 능력치로 망령을 잡는 건 힘들다.

그렇다면 다른 방법을 구해야 했다.

망령 종류의 시련이라도 매번 완료하는 방법이 달라지기 때문에 모든 요소를 생각하며 움직이는 게 현명하다.

"여, 역시 귀신인가 봐요. 공격이 안 통해요."

배수지가 몸을 부르르 떨었다.

작은 다람쥐와 같은 몸짓이었다.

그때 혼란의 중심부에 서 있던 태양 투구를 쓴 소년이 외쳤다.

"불! 도서관 어딘가에 불을 켤 장치가 있을 것이다! 찾아라!"

아이러니하지만 모든 무리 짐승은 강자를 따르게 되어 있었다.

태양 길드가 아무리 패악적인 행위를 일삼았다고 하더라도 지금의 상황에선 태양 투구를 쓴 소년을 의지할 수밖에 없었다.

"전등 스위치라도 있다는 거야, 뭐야!"

"빨리, 빨리!"

소년의 외침에 따라 사람들이 발을 놀렸다.

무영은 그 모습들을 바라보며 내심 혀를 차고 말았다.

'최악의 수.'

냉정하게 판을 읽었다면 아무도 죽지 않고 빠져나갈 방법이 있긴 있었다.

300명 모두가 똘똘 뭉쳐서 12명을 빙의시킨 뒤 손발을 묶고 내팽개쳐 두면 된다.

하지만 이미 한 명의 빙의로 판이 어지러워졌다.

각기 다른 목적으로 모인 이들이 하나 되어 움직이리란 보장도 없었고 죽은 사람이 나온 이상 뭉치긴 어렵다.

그나마 공신력이 있는 태양 투구를 쓴 소년이 희망이었는데 하필이면 최악의 수를 골랐다.

빠른 시간 내에 어둠을 밝힐 무언가를 찾으면 다행이지만…….

그러기엔 도서관이 너무 넓다.

'흩어질수록 죽는 사람만 늘어난다.'

사람들은 이미 악성종양처럼 퍼지기 시작했다.

순식간에 무리가 나뉘었고 혼란은 가중되고 있었다.

"어느 쪽으로 합류하고 싶지?"

"아, 아무 데도 가기 싫어요."

무영이 묻자 배수지가 즉답했다.

그저 무영의 옷깃만 강하게 잡고 있었다.

생존에 대한 감은 누구보다 뛰어난 게 배수지다.

즉, 어디를 가도 똑같다는 말일 테다.

'그렇다면…….'

마음 같아선 혼자 다음 방으로 넘어가고 싶지만 하늘 도서관의 특성상 한 가지 시련을 모두 완료해야 나아갈 수 있었다.

완료한 시점에서 선택은 오로지 사람들의 몫이다.

다음 단계로 갈 것이냐, 멈추고 3일 뒤 문이 열리길 기다릴 것이냐.

무영은 태양 투구를 쓴 소년을 바라봤다.

태양 길드에서 내보낸 유망주.

그저 그런 스킬을 얻고자 들어온 것 아닐 것이다.

하지만 미숙함이 엿보인다.

거대 길드 소속이 가진 특유의 자존심도 있는 듯했다.

'그냥 혼자 움직이는 게 낫겠군.'

무영은 어깨를 으쓱했다.

괜한 고민이었다.

시작하기 전부터 정해둔 일이다.

조용히 앞으로 걸어 나갔다.

뭉치는 게 가장 쉬운 방법이긴 하지만 시작부터 엇나가게 되었으니 가만히 있는 것보다 주변을 돌아보는 게 현명하다.

태양 투구를 쓴 소년, 호루스는 이를 잘근잘근 씹었다.

그는 이집트 태양신의 이름을 부여받을 정도로 유망한 인재다.

차기 길드 마스터로 내정된 후보자 중에서도 단연 두각을 나타낼 정도로 무력적인 측면에 있어선 강했다.

호루스 본인도 또래라면 누구에게도 지지 않을 확고한 자신감을 지니고 있었다.

하지만 호루스는 차기 길드 마스터의 순위에서 1위가 되지 못했다.

항상 2순위로 언급되는 것을 도저히 이해할 수가 없었다.

자기보다 약한 녀석이 왜?

100번 붙으면 99번을 이길 정도로 격차가 심하다.

그런데 그 약한 놈이 차기 길드 마스터에 가장 유력하단다.

인정할 수 없다.

알렉산드로 퀸타르트는 그런 호루스를 보며 조언했다.

'강하기만 해선 군주의 자격을 가질 수 없다'고.

'웃기지 마.'

웃기지 마라. 힘은 진리다. 모든 걸 가질 수 있는 권리는 강자에게만 있다.

하나, 알렉산드로 퀸타르트는 1세대다. 게이트를 넘어서 마계에 도착한 인간이었다.

반면 호루스는 마계에서 태어나고 자란 2세대다. 척박하고 약자는 살아남을 수 없는 대지에서 첫 울음을 터뜨렸다.

가치관이 다를 수밖에 없다고 생각했다.

그렇기에 호루스는 '힘'이 전부라는 어렸을 때부터 깨우친 진리를 알렉산드로 퀸타르트에게 확인시켜 주고자 하늘 도서관에 지원하여 들어왔다.

'빛의 계보 스킬을 반드시 얻고 만다.'

물론 지원하게 된 동기 외에도 원인이 또 있긴 있었다.

태양 길드의 극비 정보만 모여 있는 방에 우연히 들어가 '빛의 계보'라는 최상급 스킬이 하늘 도서관 어딘가에 있다는 사실을 접하게 되었다.

있다는 것만 알고 위치를 특정할 수 없다고 나와 있었는데 놀라운 점은 빛의 계보가 '태양의 신좌'에 도달하는 길 중 하나라고 적혀 있던 것이었다.

태양의 신좌.

태양 길드가 추구하는 궁극점!

태양 마차를 끌고 다니는 헬리오스가 되는 게 그들의 목표였다.

궁극점에 도달할 수만 있다면 누구도 호루스를 무시할 수 없다.

알렉산드로 퀸타르트조차 얌전히 차기 길드마스터의 자리

를 내어줄 수밖에 없으리라.

그런데…… 현실은 시작부터 막막했다.

'설마 진화 계열의 망령일 줄이야.'

빙의한 망령은 조금씩 자아를 갉아갔다.

친근한 척 다가가서 등 뒤를 찔렀다.

단순히 빙의만 하는 망령은 불가능한 재주다.

빙의하고 대상의 지식을 빨아들여 그 대상처럼 행동하는 녀석이었다.

엎친 데 덮친 격으로 어두워지는 시간이 길어지고 있었다.

그나마 망령을 분별할 수 있는 건 두 개의 그림자뿐이었는데 그마저도 제대로 할 수 없는 셈.

"가까이 다가오는 사람을 견제해라. 우리는 우리끼리 움직인다."

도합 50명 정도의 인원이 호루스 근처에 모여 있었다.

마음 같아선 다 죽인 뒤 혼자 움직이고 싶지만 시련은 이 하나가 아니다.

앞으로 나아가기 위해선 최대한 많은 사람이 필요했다.

"제기랄, 벌써 몇 명이 죽은 거야……."

"30명은 죽은 거 같지?"

심심치 않게 쓰러져 있는 시체를 발견할 수 있었다.

하지만 누가 망령에 쓰인 사람이었는지 분간하는 건 요원했다.

결국 몇 기의 망령이 남았는가는 알 수가 없는 상황이었다.
"책은 더럽게 많구만."
"그냥 아무 스킬이나 골라서 나가면 좋겠는데."
사람들은 시체들 사이를 지나가며 책장을 살폈다.
책 하나하나가 스킬이었고 나열된 숫자만 수십만 권은 될 것 같았다.
그러던 와중 툭! 소리와 함께 누군가가 시체 하나를 발로 건드렸고, 그 순간 시체가 눈을 뜨며 지나가던 남자의 발목을 잡았다.
"으헉! 이, 이게 뭐…… 끄아악!"
죽은 줄 알고 무심히 지나쳐 갈 생각이었으나 시체가 발목을 물어뜯곤 자리에서 일어나 떨어진 검을 들어 남자의 몸뚱이를 사선으로 그어버린 것이다.
스릉!
호루스는 검을 꺼내 자리를 박찼다.
순식간에 거리를 좁혀 망령이 쓰인 자의 목을 베었다.
하지만 안심할 틈도 없이 바로 옆에 있던 남자가 공격을 해왔다.
둘이었는가?
아니, 아니다.
'죽은 척에 옮겨가기까지.'
죽기 직전 그림자를 분리해서 옆 사람에게 옮겨간 것.

창졸간에 벌어진 일이다.

화르륵!

하나 호루스의 등에서 불의 날개가 솟아올라 남자를 태웠다.

매캐한 냄새가 주변을 수놓았고, 불꽃의 날개는 언제 나왔느냐는 듯이 감쪽같이 모습을 감췄다.

'젠장.'

호루스가 마음속으로 욕지거리를 뱉었다.

망령 종류의 시련에 관한 이야기는 들었지만 이번에 걸린 건 그중에서도 극악인 듯싶었다.

빨리 불을 켜야 한다.

이런 시련은 어딘가에 반드시 불을 켤 장치가 존재하게 마련이었다.

띠이이익-

그 순간이었다.

전등이 점화되듯 주변이 깜빡이며 이내 밝아졌다.

호루스는 인상을 냅다 구겼다.

'대체 누가?'

이제 찾아볼까 싶었건만 누군가가 스위치를 벌써 발견한 모양.

생각 이상으로 빠르다.

나쁘지 않은 일이지만 왜인지 모르게 꺼림칙했다.

〈'하급 방'의 시련을 돌파했습니다.〉
〈'중급 방'으로 향하는 문들이 개방됩니다.〉

끼이잉—!
쿠우웅! 쿠우웅!
곳곳에서 문이 열리는 소리가 들렸다.
그러나 호루스의 표정은 좀처럼 펴지질 않았다.

무영은 망령들이 있는 방향을 따라서 움직였다.
망령은 띄엄띄엄 있었고 마치 하나의 길처럼 이어져 있었던 것이다.
어둠 속에서 움직이는 일이라면 제아무리 망령이라도 무영을 잡을 수 없었다.
단순한 법칙을 따라서 나아간 결과, 무영은 한 지점에 도착할 수 있었다.
'생각보다 쉬운 데 숨겨져 있군.'
하나의 책장.
다른 책장들과 다르게 책이 꽂힌 순서가 엉망인 곳이 있었다. 그곳의 책들을 정렬하자 하늘 도서관의 빛이 켜졌다.
"와, 밝아졌어요."

무영은 만족한 듯 발걸음을 옮겼다.

그러자 배수지가 쪼르르 뒤를 따라왔다.

무영은 잠시 멈춰서 말했다.

“다음 방으로 갈 생각인가?”

“따라가면 안 돼요?”

“스킬을 고르면 이곳에 있어도 된다.”

“으음, 그게요……. 혼자 있기 싫어요.”

배수지는 꽤 외로움을 타는 성격이었다.

아직 어려서겠지만 지금 상황에선 그다지 방해될 요소로 작용하진 않았다.

게다가 배수지의 ‘감’은 의외로 쓸모가 있다.

이 책장을 찾은 것도 반은 배수지 덕이었다.

또한, 배수지가 좋은 스킬을 얻으면 김태환이 군주로서 입지를 다지는 일에 도움을 줄 수도 있겠다는 생각이 조금은 들었다.

과거 수많은 영웅을 죽였기 때문일까?

무영은 진정 영웅이라 칭해지는 존재가 처음부터 일어서는 모습을 조금이나마 보고 싶었다.

설령 그들이 가는 길이 무영 자신이 가는 길과는 다르더라도 말이다.

“방해하지 말고 따라와라.”

“명 받들겠습니다.”

배수지가 헤헤 웃으며 이어서 말했다.

"아빠가 예전에 엄마한테 자주 이랬어요."

"실없는 소리 마라."

"네……."

배수지가 힘없이 입술을 내밀었고 무영은 매몰차게 몸을 돌렸다.

안타깝지만 무영은 일상적인 농담마저도 꺼려 한다.

하급 방에서 만족한 사람들은 체류를 결정했다.

대략 50여 명.

적당한 스킬을 얻고 흡족해하거나 '하급도 이런데 중급은 얼마나 힘들겠느냐' 하고 먼저 포기해 버린 사람들이다.

하지만 집단에 소속된 이들은 포기하고 싶어도 할 수가 없었다. 어느 집단이 고작 하급 방에 있는 스킬 하나를 얻자고 초보자에게 투자하겠는가.

이미 받을 만큼 받았기에 되돌리는 건 불가능하다.

도움이 안 되는 자를 손해를 감수하며 품고 있을 집단은 없었으므로.

투자한 것 이상으로 받아내려 하는 게 당연하다.

포기한다면…… 좋은 꼴 보기는 어려울 것이다.

하여 집단에 소속된 상태로 하늘 도서관에 들어온 사람이 편해질 수 있는 경우는 목적하는 스킬을 얻거나 죽었을 때뿐이었다.

〈그림자와 강철 인형을 조심하시오.〉

〈대상이 혼자만 있을 때는 강철 인형이 공격하지 않습니다.〉

〈그림자 30기, 강철 인형 5기.〉

중급 방에 들어오자마자 떠오른 문구다.

'난이도가 올라갔군.'

무영은 고개를 주억거렸다.

하급 방과 같은 난이도일 리는 없겠지만 강철 인형이라.

망령이 기존보다 두 배 이상 많아지고 한 가지 요소가 추가된 것이다.

한데 강철 인형에 제시된 조건이 눈에 밟혔다.

'쉽지 않겠어.'

그림자 망령이나 강철 인형이나 둘 다 난이도는 무척 어려운 편이었다.

특히 강철 인형은 단일 능력치가 모두 100 아래인 초보자는 이기는 게 거의 불가능한, 하늘 도서관이 가진 고유 괴물이다.

하나로도 어렵다. 한데 두 가지가 합쳐졌다.

물론 그림자 망령이야 그 특성상 뭉치면 공략하기가 쉬워지지만, 강철 인형은 복수의 대상을 무차별적으로 공격하니 딜레마에 빠질 수밖에 없었다.

혼자 움직이느냐 단체로 함께하느냐.

하급 방처럼 쉽게 깰 수는 없을 듯했다.

'그나마 다행인 점이라면 숫자가 적다는 것.'

강철 인형의 숫자는 5기밖에 되지 않는다.

술래잡기가 필수였다.

다시 빛을 밝혀서 그림자 망령을 배제한 뒤 혼자 돌아다니는 게 최적의 공략법.

이쯤은 냉철하게 상황을 볼 줄 아는 사람이라면 모두 떠올렸을 것이다.

당장은 아닐지라도 시간문제다.

"조금 추운 거 같아요."

배수지가 손에 호호 입김을 불었다.

3초 간격으로 불이 꺼지고 켜지길 반복한다.

양옆의 벽에 거대한 책장이 길게 늘어서 있고 책이 무수히 꽂혀 있었다.

구조 자체는 하급 방과 다른 점이 없지만 유일하게 다른 점은 온도다.

바람 한 점 불지 않으나 방의 온도 자체가 낮았다.

습도.

그로 인해 습도도 높아졌다.
아무리 책들이 보존 마법에 의해 보호받고 있다지만 이상한 일이 아닐 수 없었다.
책을 보관함에 있어서 건조함은 기본이다.
무영은 즉시 책장으로 다가가 손을 뻗어 책의 상태를 확인했다.
'습도 유지 마법도 함께 걸려 있나 보군.'
책과 책장 모두 주변과 달리 물기를 머금고 있지 않았다.
잘못 짚은 건가?
천천히 책장을 살피자 유독 진한 색깔을 띠는 책이 한 권 있었다.
'다르다.'
책이 젖어 있는 상태였다.
꺼내서 겉표지를 확인했다. 겉표지엔 동그라미 문양 하나만 덩그러니 그려져 있었다.
"가지고 있어라."
"마음대로 빼가도 되는 거예요?"
"익히지만 않으면 된다."
"아저씨. 저, 훌륭한 짐꾼이 될게요."
무영이 건넨 책을 배수지가 씩씩하게 받았다.
하급 방에 있을 때와는 달리 조금은 적응한 모습이었다.
'다른 곳도 살펴봐야겠군.'

이런 책이 한 권만 있지는 않을 것이었다.

작은 단서. 그러나 찾다 보면 퍼즐도 맞출 수 있을 터였다.

무영은 조급해하지 않고 천천히 발걸음을 옮겼다.

'혼자'의 기준은 뭘까?

어느 정도의 거리를 떨어져 있어야 '혼자'로 인식되는 걸까?

강철 인형은 크다. 2.5m 상당의 거구. 피노키오와 같이 코가 길쭉한 인간 형태의 괴물이다.

그러나 생긴 것과는 다르게 무척이나 민첩했다.

두 명 이상이 있으면 어김없이 나타나 한 명을 죽인 뒤에야 사라졌다.

그러다가 혼자 겁을 먹고 가만히 있으면 그림자 망령의 밥이 되었다.

'반격을 안 하는군.'

무영은 배수지를 멀리 떨어뜨린 뒤 강철 인형에 대한 실험을 이어 나가고 있었다.

먼저, '혼자'로 인식하는 범위가 대략 200m쯤 되는 것 같았다.

그리고 혼자 있을 땐 공격을 해도 반격하지 않는다.

하나 방어력이 매우 높다. 무영의 공격도 쉬이 통하지 않았다.

비탄은 생명체를 죽이기 위해 만들어진 검이다. 생명체가 아닌 강철 인형의 단단한 표피를 뚫지 못했다.

'아예 못 이길 수준은 아니다.'

무영은 단수이며 또한 복수였다.

왕자와 복수자들, 화염의 창병, 뇌전술사까지.

혼자 이기는 게 힘들다는 거지 다수가 압박하면 상당한 피해를 감수하고 이길 수 있을 것 같았다.

버프가 중첩된 수십의 언데드가 하나를 공격한다.

강철 인형이라고 버틸 재간이 있을 리 없다.

남은 문제는 그런 손해를 감수할 만한가.

'굳이 피해를 자처할 필요는 없겠지.'

그러나 고개를 저었다.

내린 결론은 간단했다. 그렇게까지 큰 이점이 보이지 않았다. 오히려 시간낭비다.

'빠르게 상급 방으로 들어가야 한다.'

주어진 시간은 고작 3일밖에 안 된다.

방을 오를수록 난이도가 급격히 높아진다.

벌써 반나절 이상이 지났다.

게다가…… 상급 방에 최초 입장을 하거든 주어지는 특혜가 있었다.

'스킬 하나를 더 익힐 기회.'

공짜는 아니지만 노력 여하에 따라서 스킬 하나를 더 익힐 수 있는 기회가 최초 입장자에게 주어지기 때문이다.

여기서 시간을 허비할 이유가 없었다.

무영은 강철 인형이 물러가길 기다렸다가 배수지의 근처로 다가갔다.

"아저씨! 뒤에 그림자!"

배수지가 무영의 뒤를 돌아보며 외친 순간 무영은 자세를 낮추고 배수지를 옆구리에 꼈다.

강철 인형이 사라지기 무섭게 그림자 망령이 따라붙은 것이다.

그림자 망령을 없앨 수 있는 방법은 한 가지밖에 없었다.

누군가에게 빙의시킨 뒤 죽여서 숫자를 줄이는 방법.

마침 그림자 망령 두 기가 무영의 뒤를 집요하게 좇았다.

무영은 강철 인형이 사라진 길의 반대편으로 발을 놀렸다.

머지않아 한 무리를 발견할 수 있었다.

"다가오지 마라! 다가오면 공격……."

그들은 무영을 발견하자마자 무기를 빼 들고 위협적으로 대처했지만 무영은 관심조차 없다는 듯 빠르게 그들을 스쳐 갔다.

곧 무영을 따라오던 그림자 망령 두 기가 표적을 바꿨다.

"그림자다!"

"끄아악!"

비명이 퍼지는 걸 뒤로하고 계속해서 내달리자 다른 편에서 무섭게 강철 인형 한 기가 따라붙었다.

둘로 인식된 지금 상황에서 갑자기 떨어지는 건 힘들다.

무영은 더욱 속도를 높였다.

그러자 배수지가 포기했다는 듯이 한숨을 내쉬었다.

"숙녀의 몸은 함부로 만지는 거 아니라고 했는데."

〈'O' 다섯 개를 모으면 다음 방으로 이동 가능.〉

호루스는 입장한 즉시, 상급 방의 문 쪽으로 달려가서 조건을 확인했다.

덕분에 그 과정에서 10명가량의 인원이 줄었지만 개의치 않았다.

'처음부터 이럴 걸 그랬군.'

다음 방으로 나아가기 위한 조건은 이런 식으로 확인하는 게 가능하다.

사람들의 희생을 전제로 나아가면 조금 더 빠르고 쉽게 방을 돌파할 수 있을 듯했다.

'무난하게 최초 입장 보너스를 받을 수 있겠어.'

스킬을 하나 더 배울 수 있는 보너스.

거대 길드라면 대부분 알고 있는 정보다. 태양 길드의 호루스만 혼자 안으로 들인 이유이기도 했다.

한 명씩 겹치지 않고 보너스를 받기 위해 모종의 협약이 되어 있었던 것이다.

'그나저나 O가 뭐지?'

다만 조건은 확인했으되 그 조건에 부합하는 게 무엇인지 알 수가 없었다.

호루스는 닥치는 대로 주변을 돌아봤고 곧 책장에서 'O'라 적힌 책 한 권을 찾을 수 있었다.

"책장에서 젖어 있는 책을 찾아라."

호루스가 명령을 내리자 사람들이 움직이기 시작했다.

가장 강한 사람은 호루스였고 태양 길드의 후광마저 얻고 있었다.

하지만 각자의 속내는 다를 수밖에 없는 법.

상급 방으로 나아가려거든 5권의 책이 필요하다.

호루스가 모두를 챙길 거라고 생각하는 사람은 아무도 없었다.

도리어 사람들만 희생시키지 않았던가.

따로 떨어지는 것보단 안전하다고 판단해서 미지에 발을 들이기 싫어서 근처를 떠나지 못하긴 했지만, 사람들은 저마다 자기 잇속을 챙기기에 바빴다.

O가 적힌 책을 찾으면 은폐했고 원하는 스킬북을 취하거든 하급 방으로 몰래 빠져나갔다.

그런 사람을 발견하는 족족 호루스는 강력하게 처벌했다.

"책을 발견하고도 숨기는 놈은 죽는다. 도망가는 놈도 죽는다."

검을 휘둘렀다.

데구르르…….

한 치의 망설임 없이 목을 날렸다.

힘에 의한 굴복!

사람들은 겁을 먹었다.

그렇게 네 권을 모았을 때였다.

"무거워요. 막 어깨가 아파요."

"참아라."

호루스는 두 명의 일행을 발견했다.

어린 소녀와 남자가 함께 돌아다니고 있었다.

놀라운 건 족히 10권은 되어 보이는 책을 어린 소녀가 낑낑대며 옮기고 있는 것이다.

'저들은 대체?'

호루스는 자신의 눈을 의심할 수밖에 없었다.

강철 괴물과 그림자 망령은 호루스도 긴장할 수밖에 없게끔 만드는 괴물들이다.

괴물들을 피해 책을 찾는 건 여간 어려운 일이 아닐 수밖에 없었다.

그런데 벌써 10권이라니?

그것도 고작 두 명이서.

'운이 좋았겠지.'

말도 안 된다.

호루스는 언제나 최고였다. 비록 차기 길드 마스터 후보 1순위는 되지 못했지만 순수한 실력은 누구보다 뛰어났다.

그런 자신이 수많은 사람을 이끌고 이제 고작 4권을 모았는데 두 명이서 벌써 10권이라는 건 있을 수 없는 일이었다.

쿵. 쿵.

사람들이 모이자 강철 인형이 출현했다.

호루스가 근처의 두 명을 지목했다.

"너, 너. 나가라."

"예……?"

"강철 인형의 시선을 끌어라."

"시, 싫습니다."

"가지 않으면 내 손에 죽는다."

스릉!

호루스가 검을 꺼냈다.

여태껏 호루스는 거짓을 말한 적이 없다. 실제로 거부했다가 호루스에게 죽은 이만 다섯을 넘긴다.

폭군의 폭거 앞에 결국 울며 겨자 먹기로 지목된 두 명이 움직였다.

하지만 강철 인형은 하나가 아니었다.

'네 기……!'

불현듯 세 기가 앞을 막아선 것이다.

'대체 어디서?'

한 기는 그렇다 쳐도 나머지 세 기가 한 방향에서 나타났다.

마치 약속이라도 한 듯이 함께 움직이고 있었다. 세 기가 동시에 움직이는 건 처음 있는 일이다.

절체절명의 위기.

"저 인형들 우리를 따라왔나 봐요. 그런데 왜 저 사람들을 공격하는 거지?"

그러거나 말거나 멀리 떨어져 있던 남자와 소녀는 잠시 호루스를 구경하곤 아무 일도 없다는 듯이 지나가 버렸다.

그중 소녀의 말을 듣고 호루스는 오만상을 찌푸릴 수밖에 없었다.

'강철 인형을 끌고 온 게 저 연놈들이었구나!'

어쩐지 세 기가 함께 움직이는 게 이상하다 싶었다.

이제 보니 저 둘을 따라서 여기까지 온 듯했다. 그러다가 숫자가 많은 호루스와 사람들을 발견하고 공격 태세에 들어간 것이다.

"이, 이제 어떡할까요?"

"그런 건 네놈들이 알아서 생각해라!"

호루스는 초조해질 수밖에 없었다.

길은 막혔고 살기 위해선 최후의 일인이 될 수밖에 없을 듯했다.

혼자 남으면 강철 인형은 더 이상 공격해 오지 않으니까.

나머지 모두가 죽을 때까지 버티는 게 유일한 방법이라니.
비참하지만 살기 위해선 그게 최선의 수다.
'저 둘만큼은 반드시 죽인다!'
남자와 소녀가 사라진 방향을 바라보며 호루스가 이를 빠드득 갈았다.

최초 보너스는 한 명에게만 주어진다.
무영은 조건을 완료하고 한발자국 먼저 문을 넘었다.
그럼과 동시에 또 다른 문구가 떠올랐다.

〈'상급 방'에 최초 입장하였습니다.〉
〈스킬 하나를 추가로 더 익힐 기회가 주어졌습니다.〉
〈24시간 동안 '하피 떼'의 공격에서 생존하십시오.〉

까아악!
까아아악!
어린아이 정도의 크기지만 날카로운 발톱과 날개를 지닌 괴물.
수천 마리의 하피 떼가 공중을 배회하고 있었다.
책장이 어지러이 놓여 있어서 몸을 숨길 장소는 많았지만,

24시간을 숨어 다니는 건 불가능할 듯하다.

하지만 무영은 작게 웃어 보였다.

'공중형 언데드를 만들 좋은 기회로군.'

무영에게 위기는 기회와 같은 말이었다.

공중형의 괴물은 특정한 지역에만 있는 편이었고 적어도 대도시 주변으로는 존재하지 않는다.

하지만 미리 공중형 언데드를 만들어 놓으면 쓰임새가 많을 것이다.

물론 하피는 강한 괴물이라 하기엔 부족한 점이 많다.

작은 데다 한 마리, 한 마리의 힘은 볼품없다.

하나, 무리를 지어서 생활하고 쓸 만한 마비독을 가지고 있다. 독은 깃털에 함유되어 있으며 깃털을 쏘아내는 것으로 사냥감을 마비시킨다.

이후 압도적인 숫자를 바탕으로 몰아쳐서 뼈마디밖에 남기지 않는다.

'족히 오천 마리.'

눈대중으로 살폈으나 얼추 맞으리라.

무영은 책장의 그늘진 장소로 몸을 은신시켰다.

배수지도 입을 손으로 가린 채 무영의 뒤에 바짝 붙었다.

원체 체구가 작아서 은신 기술이 없어도 눈에 띄지 않는 편.

이처럼 책장과 책장 사이를 오가며 하피의 눈으로부터 목숨을 지키는 게 보통 사람이 취하는 행동일 것이다.

'보통은 숨어 다니는 걸 전제하에 만들어진 시련이겠지만…….'

무영은 몸을 낮춘 후 천천히 이동하며 품에서 단검 한 자루를 꺼내 쥐었다.

도서관의 구조 자체가 바뀌었다는 말은 어딘가에 하피를 위한 장소도 마련되어 있다는 뜻이었다.

그곳을 급습해 하피를 언데드로 만드는 게 무영의 1차적인 목표였다.

어중간한 적이 숫자만 많다면 그거야말로 네크로맨서 계열의 직업군이 판을 벌일 절호의 기회다.

하나 네크로맨서는 시크릿 클래스다.

무영만 해도 로드 클래스의 보유자다.

지극히 한정된 숫자만이 무영과 비슷한 행동을 취할 수 있다는 것이고 그마저도 과감한 결단력이 없으면 불가능한 일이다.

어쨌거나 하늘 도서관은 단일 능력치가 하나라도 100을 넘으면 들어올 수 없는 장소였기 때문이다.

입장자 중 수천 마리의 하피 떼에게 자유로운 사람은 없다.

'역시.'

구석진 곳에 연못이 있었다.

열두 마리의 하피가 줄지어 물을 마시는 중이었다.

'여기 있어라.'

무영은 손짓과 입모양으로 배수지에게 말했다.

배수지가 긴장한 듯 고개를 끄덕였다.

한 치의 실수가 치명적인 결과를 불러온다.

배수지의 생존본능은 누구보다 뛰어나니 그것을 모르진 않을 터.

무영은 근처에 떨어진 작은 돌 하나를 들고 최대한 멀리 던졌다.

툭!

까아악!

까아아악!

까마귀처럼 악다구니를 내지르며 소리가 난 장소로 하피들이 날아갔다.

소리만 비슷할 뿐이지 하피의 지능은 까마귀보다 낮다.

연못을 노닐던 하피도 어느새 다섯 마리만 남은 상황.

그 틈에 무영은 품에서 다섯 자루의 작은 단검을 꺼냈다.

살수일 적의 능력을 사용할 때를 대비해 대도시에서 미리 구한 물건들 중 한 가지.

네 자루를 내려놓은 뒤, 한 자루를 손으로 쥐었다.

던지는 속도와 순간을 조정하여 다섯 마리가 거의 동시에 쓰러지게 해야 된다.

지금의 무영으로선 난이도 높은 과제다.

과거였다면 물 흐르듯 쏘아내 다섯 마리가 반응하기도 전에 끝장낼 수 있었다.

하지만 지금의 몸이 과거와는 다름을 무영은 냉정하게 인정했다.

'처음은 느리게.'

숙!

단검은 날이 잘 벼려진 상태다. 닿기만 하면 하피의 거죽 정도는 가볍게 찢어발길 것이다.

내던진 단검이 포물선을 그리듯 위를 향했다.

'두 번째는 완만하게.'

순간적으로 내려놓은 단검을 쥐고 손을 뻗었다.

더 낮은 각도로 단검이 쏘아졌다.

그렇게 다섯 개의 단검이 각기 다른 속도로 다른 선을 그리며 목표물을 향해 날아갔다.

툭! 툭!

거의 동시였다.

다섯 마리의 하피가 목과 머리 부분을 관통당하며 즉사했다.

"와아……."

뒤에서 배수지의 감탄 어린 목소리가 흘러나왔다.

마치 TV나 영화 속의 서커스를 보는 것만 같았다.

하지만 피에로들이 하는 행동과는 질적으로 다르다. 경극을 뛰어넘어 진정한 단검의 대가를 보는 듯했다.

조용해야 한다는 걸 알지만 아직 어린 배수지는 감탄하지 않을 수 없었다.

배수지는 급히 자신의 실수를 깨닫고 입을 가렸다.

다행히 천장에 붙어 있는 하피들이 눈치채진 못한 듯싶었다.

잠시 후 무영은 손을 뻗어 죽음의 예술 스킬을 사용하였다. 검은 기류가 손을 타고 흐르며 죽은 다섯 하피를 향했다.

스으윽.

죽은 하피가 몸을 들어 올렸다.

머지않아 5마리의 하피가 엉거주춤한 자세로 되살아났다.

거리가 있는 상태에서 스킬을 사용해서 그런지 상처가 조금도 치유되지 않았지만 혼란을 주는 용도로는 충분하다.

'가라.'

하피는 무리 생활을 하는 괴물이다.

같은 집단의 동료, 그것도 죽은 시체에게 공격당한 적은 한 번도 없을 것이었다.

까아악! 까아아악!

예상대로 5마리의 하피가 공격하자 하피 떼는 혼란을 일으켰다.

수십 마리가 뒤엉키고 그 과정에서 생긴 상처로 마비독이 스몄다. 몸을 지키기 위해 가졌던 무기가 스스로의 목을 죄는 셈이다.

하나둘 바닥으로 떨어지는 하피의 숫자가 늘어났다.

무영은 그림자처럼 은밀하게 다가가 마비된 하피의 숨통을 끊은 뒤 부지런히 손을 놀려서 죽음의 예술 스킬을 사용했다.

'많이는 못 만들겠군.'

무영은 작게 혀를 찼다.

죽음의 예술은 현재 C랭크다.

처음 F등급일 땐 몇 번만 해도 힘에 겨웠다. 지금은 몇 단계나 랭크를 올리며 처음보다 자유자재로 사용이 가능해졌지만, 그래도 50번 정도가 한계였다.

무영은 그냥 '언데드를 만드는 것'에 주력했다.

그리하면 평소의 두 배는 더 죽음의 예술 스킬을 사용할 수 있었다.

〈대충 만들어진 하피 언데드 100마리!〉

〈처음으로 무리를 짓는 괴물 100마리를 언데드로 만들었습니다.〉

〈예술 점수 70점〉

이름: 하피 무리

레벨: 34

성향: 언데드

힘 35

민첩 42

체력 28

지능 5

지혜 5

마침내 100마리에 도달하자 위와 같은 글귀가 떠올랐다.

100마리의 하피 무리가 마치 한 마리처럼 인식이 된 것이다.

'법보로 만들 수 있겠군.'

언데드로 만든 하피 전부를 하나의 법보에 구겨 넣는다.

그냥 몇 마리만 얻어도 나름 쓸모가 있을 듯했는데 기대 이상의 성과였다.

그리고 그렇게 만들어진 하피 언데드는 충실히 제값을 해 주고 있었다. 그럴 수밖에 없는 게 이미 죽은 하피는 마비독이 통하지 않았다.

근육을 경직시키는 계통이었다면 효과가 있었을지도 모르지만, 하피의 독은 신경과 뇌에 작용한다.

날카로운 발톱으로 신체를 분리해야만 승산이 있을 텐데 동료의 시체가 공격해 오며 생긴 거대한 혼란으로 인해 반격조차 제대로 못하는 중이었다.

소란스러운 틈을 타 무영은 몇 장의 법보를 꺼냈다.

왕자와 복수자들, 화염의 창병, 뇌전술사!

무영이 보유한 모든 언데드가 곧 주변으로 하나둘 생성되었다.

이어 고개를 돌리자 멍한 표정을 짓고서 이쪽을 쳐다보는 배수지가 보였다.

"아, 아무한테도 말 안 할게요."

그러다가 이 일 자체가 비밀이라 여겼는지 배수지가 조용히 되뇌었다.

무영이 죽음을 다룬다는 소문이 은연중 있기는 했지만 실체를 제대로 접한 건 이번이 처음이었다.

특히 화룡우와 율령은 '심판자'로서 사람들을 학살하지 않았던가.

그때와는 분위기나 모습이 조금씩 달랐지만, 왜 난데없이 이곳에 나타난 것인지 알 수 없었다.

배수지는 더 깊숙이 사고하지 못했다.

아무리 배수지가 똑똑하다고 해도 나이의 한계는 어찌할 수 없다.

다만 소름은 돋았다.

'하늘의 눈만 얻으면 된다.'

무영은 개의치 않았다.

하늘 도서관에서 목적을 이루면 알려져도 딱히 상관은 없었다.

어차피 바로 대도시를 나갈 계획이었기 때문이다.

꾸준한 성장과 시크릿 클래스 등 필요한 걸 얻으려면 대도시를 벗어날 필요가 있었다.

"무엇을, 할까요?"

화염의 창병.

생시인 화룡우만이 대화를 하는 게 가능했다.

"살아 있는 새의 씨를 말려라."

"명, 을 따릅니다."

쿠르릉!

화르륵!

불꽃과 번개가 휘몰아쳤다.

어찌 보면 무영은 하늘 도서관의 제한을 교묘하게 피해간 것과 다르지 않았다.

무영이 지닌 언데드는 모두 강력하기 짝이 없었으니.

하나의 명령 체계로 묶여서 움직이는 다수의 힘은 놀라운 것이었다.

소환 계열 클래스를 지닌 사람이 없는 건 아니지만 클래스라 칭해지는 건 보통 마계에서 생활하며 얻는 경우가 허다하다.

벌써부터 클래스를 장착한 무영이 특이한 경우였다. 하물며 그게 로드 클래스라면 더 말할 필요가 없고.

마침내 도서관에 존재하던 모든 하피 떼를 학살하자 이변이 일어났다.

〈시련 이행률 200%!〉

〈숨겨진 조건이 만족되었습니다.〉

〈연계된 보상을 검색하는 중입니다.〉

〈'여덟 귀신의 방'으로 전송됩니다.〉

무영의 몸이 점차 투명해졌다.

"아저씨?"

그 이변을 눈치채고 배수지가 고개를 갸웃하며 불렀지만 무영은 사라진 뒤였다.

무영은 이번의 강제 전송이 보상을 위한 것임을 깨달았다.

하지만 내심은 제법 놀라고 있었다.

축지의 법보가 대단한 이유는 기억 속의 장소로 이동한다는 것도 있지만 그 자체가 공간이동을 뜻해서다.

공간을 접어서 이동할 수 있는 스킬은 매우 희귀했고 관련된 물건도 거의 없었다.

한데, 보상을 위해서 무영 자체를 옮겨 버린 것이다.
곧 주변의 배경이 천천히 변해 갔다.
무영은 신전과 비슷한 장소 위에 서 있었다.
신전은 어두침침하기 그지없고 천장에 매달린 작은 불꽃만이 주변을 조금씩 비춰주는 중이다.
무영은 주변에 세워진 여덟 개의 거대한 동상을 발견할 수 있었다.
용과 창을 든 남자, 짐승의 형태를 한 이, 황금빛 날개와 머리를 가진 새……. 머리 셋과 긴 팔이 여러 개 달린 악귀 형상의 도깨비까지!
'천룡팔부.'
무영은 저 여덟 개의 동상이 천룡팔부와 관계가 있다고 확신했다.
방 이름부터가 '여덟 귀신의 방'이었다.
지이이잉!
무한의 주머니가 빛을 발했다.
무영이 손을 집어넣자 법보 한 장이 자연스럽게 딸려 나왔다.
'법보 아수라.'
푸른 사원에서 첫 보스전을 치른 뒤 얻은 법보.
경이적인 차이로 기록을 경신했기에 주어진 것이었다.
법보 아수라는 스킬이나 장비를 강화시킬 수 있었고 무영은 나중에 얻을 S급 무기인 '디아블로스'에 이것을 사용할 계획을 가지고 있었다.

그런데 지금, 법보 아수라가 빛을 발하며 손에서 흘러나와 여섯 개의 손을 가진 도깨비의 동상으로 빨려 들어갔다.

바로 아수라의 형체를 본 딴 동상이었다.

쿵! 쿠우웅!

곧 아수라가 움직였다.

천천히 커다란 손을 뻗어 무영을 쥐었다.

이어 무영은 아수라의 세 머리 중 하나가 가진 눈을 마주하게 되었다.

그 눈을 마주하자 정신이 빨려 들어가는 것만 같았다.

손이 움직이며 나머지 눈도 볼 수 있었다.

심연 깊숙한 곳에 발을 들인 듯한 기분.

세 개의 머리가 가진 여섯 개의 눈을 모두 보자 머릿속에서 번개가 몰아쳤다.

아무런 생각도 들지 않았다.

무영은 아수라의 여섯 눈에 담긴 끔찍한 마귀와 망령들의 세계를 엿볼 수 있었다.

수십억, 수백억은 되어 보이는 그들의 비명과 비탄이 무영의 귓속에 맴돌았다.

죽음이 완연한 곳.

죽음 그 자체인 장소…….

수천 명을 죽인 무영도 저 세계를 모두 깨우칠 순 없었다.

아니, 인간인 이상 저 여섯 곳의 모든 걸 파악하는 건 불가능하다. 그저 아주 작은 부분, 티끌만 한 무언가를 건졌을 따름이다.

이어 깨달음을 얻은 도승처럼 무영의 몸에서 빛이 새어 나오며 두둥실 떠오르기 시작했다.

〈마귀들이 사는 여섯 세상〉

〈'육도(六道)'를 깨달았습니다.〉

무영은 눈을 떴다.

이미 뜨고 있는 상태이기에 어폐가 있긴 하지만, 마귀들의 여섯 세상을 관찰할 수 있는 눈이 뜨인 것이다.

〈익히시겠습니까?〉

한발 더 늦게 뜬 글귀.

그러나 무영은 이미 알았다. 알게 되었다.

배우는 순간 하늘 도서관에서 익힐 수 있는 스킬 하나와 법보 아수라가 날아가겠지만, 그 몇 배를 더해도 '육도'에 비하면 아무것도 아님을!

육도가 가진 무한한 가능성에 매료되었다.

저 여섯 세상을 온전히 다룰 수만 있다면 마귀의 진정한 왕으로서 군림할 수 있다.

데스 로드 클래스를 얻었을 땐 알 수 없었다.

사용하며 그 효용에 대해서 생각하고 긍정적인 방향으로 바뀐 것이지.

하지만…… 육도는 다르다.

지금 얻은 이 깨달음을 허공으로 증발시킬 순 없었다.

깨달음이란 공기에 떠도는 먼지와 같아서 막상 깨달음이 왔는지, 언제 왔다가 언제 갔는지 알 수 없는 것이다.

그런데 지금의 무영은 확신하고 있다.

이 깨달음이 무엇인지는 모르겠지만 자신에게 매우 유익할 것이며 반드시 붙잡아야 한다고.

힘을 원하는 본능적인 외침에 가까웠다.

'익히겠다.'

무영은 아수라의 눈을 똑바로 바라봤다.

아수라.

어원에 따라 악신이 되기도 선신이 되기도 하는 존재.

천룡팔부를 모으면 여래가 강림한다는 이야기가 있었다.

오로지 오대세가만이 알고 있는 기밀사항이며 여래의 강림만이 72좌의 모든 마신을 제거하고 세상을 구원하리라 믿고 있었다.

〈'아수라'는 아무에게나 깨달음을 나눠주지 않습니다.〉

장난하자는 건가?

무영의 눈썹이 살짝 위로 올라갔다.

'무엇을 원하느냐, 아수라.'

하여 무영은 깊은 눈빛으로 아수라를 꿰뚫었다.

아무에게나 주지 않는다.

특정 조건을 만족하면 깨달음을 주겠다는 의미.

아수라가 가진 여섯 개의 눈동자가 동시에 빛나기 시작했다.

–'제석천(帝釋天)'의 사자를 죽여라!

–그리하여 내가 더 뛰어남을 증명하겠노라.

귓속으로 목소리가 울렸다.

그 육후한 존재감도 함께 울려 퍼졌다.

무영은 미소 지었다.

제석천은 불법을 지키는 신이며 '인드라'라고도 불리는 무용의 신이다.

불교에 대한 공부는 짧지만 제석천과 아수라의 싸움으로 말미암아 '아수라장'이란 말이 유래된 정도는 알았다.

하지만 무영이 알기로 아수라는 단 한 번도 제석천을 이긴 적이 없다.

대리전을 해서라도 이기고 싶은 걸까.

제석천은 천룡팔부의 첫 번째인 천(天)의 주인이다.

또한 둘 다 여래 아래에 귀의한 신이다.

'천룡팔부…….'

어쩌면 그 사자가 천룡팔부의 첫 번째인 '천의 법보' 같은 걸 가지고 있을 가능성이 높았다.

단순한 줄 알았는데 단순한 보상이 아니었다.

보다 중심의, 세계를 이루는 가장 큰 줄기와 관련된 이야기 중 하나.

제대로 방향을 타고 있다고 해야 할 것이다.

"제석천의 사자가 누구인지 알 방법이 있나?"

무영은 진득한 호기심을 담아서 말했다.

아수라의 동상에 아수라 자체가 강림한 듯했다.

그리고 제석천의 사자가 누구인지 알 수만 있다면 천룡팔부를 모으는 일에 한 발자국 더 다가가는 셈이다.

오대세가가 그토록 비밀리에 붙인 이유에 근접하게 된다.

–만나면 자연스럽게 알게 되리라.

–나의 사자가 되거든 서로 부딪힐 수밖에 없는 운명!

–여덟 신 중 내가 가장 뛰어남을 증명하겠다.

누구인지 알 수 없다.

그러나 말하는 모습을 보면 이미 마계에 있는 듯싶었다.
하늘의 주인.
그가 선택한 사람이라면 결코 평범할 리는 없다. 인류 10강 중 한 명이거나, 근접한…… 혹은 알려지지 않은 강자 중 한 명일 것이었다.
마계는 넓고 알려지지 않은 강자가 없는 것도 아니었으므로.
당연히 지금 당장은 어찌할 수 없었다.
무영의 무력 수준은 초보자와는 격이 달랐지만 50년간 마계를 주름잡은 기득권과 비교하면 차이가 크다.
기껏해야 10년 차의 무력 수준.
회귀한 지 고작 두 달도 안 된 것치곤 말도 안 되는 능력치지만, 그것도 언데드를 비롯한 모든 걸 쏟아부었을 때의 이야기다.
하피 5,000마리를 학살하긴 했지만 그건 하피가 강한 종이 아니어서이다.
혼란한 와중에 서로가 날개로 피부를 찔러서 죽은 것 또한 적지 않았다.
한마디로 자멸한 것이다.
하여튼 그렇다 해도 무영 혼자만으로는 10년 차에도 미치지 못한다. 애당초 마계에서 10년이나 생존했다는 건 그만큼 실력이 있는 것이다.
아무리 도시 주변에서 안정적으로 생활한대도 마계의 변

수는 무시할 수 없다.

'기껏해야'라고는 했지만 쉬이 볼 수준은 결코 아니다.

온갖 비호 아래에 자란 화실 속 유망주와 달리 그들은 온갖 임기응변에 능할 수밖에 없었다.

무영의 변칙적인 공격이 거의 통하지 않으니 그 이상으로 보긴 어려웠다.

그래도 괜찮다.

아수라는 기한을 정해두지 않았다.

언제고 조건을 완수하기만 하면 된다는 말.

무영은 천천히 입을 열었다.

"제석천의 사자를 죽여주마."

한마디면 족하다.

세세하게 묻고 싶은 게 많았지만 아수라의 눈동자가 조금씩 빛을 잃어가고 있었다.

저 빛이 다 사라지기 전에 대답을 끝내야 할 것만 같았다.

크게 아쉽진 않았다. 천룡팔부를 모을 방법에 대해서 줄기를 잡은 것만으로도 충분했다.

휘이이잉!

무영이 대답한 즉시 아수라의 전신에서 거센 돌풍이 불었다.

아수라의 손이 무영의 몸을 꽉 붙잡았다.

히이이이야—

스아아아아아아.

온갖 악의와 비명이 영혼을 헤집었다.

모든 시야가 차단되고 무영의 눈이 까맣게 물들었다.

〈마귀의 여섯 세상 중 하나, '아수라도(阿修羅道)'를 익혔습니다.〉

〈'아수라의 사자'를 전승했습니다.〉

번개처럼 강렬한 심상.

그 심상 속에 하나의 세계가 있었다.

미친 마귀들만 존재하는 아수라도!

그를 엿본 순간 무영은 정신을 잃었다.

"……저씨, 아저씨!"

따악!

누군가가 무영의 뺨을 거세게 두드렸다.

무영은 눈을 떴다.

다수의 시계 그리고 배수지의 안도한 얼굴이 시야에 들어왔다.

"휴우우, 죽은 줄 알았어요."

무영은 몸을 일으켰다.

"여긴 어디지?"

여덟 귀신의 방으로 들어가기 전 상급 방에서 본 풍경과도 사뭇 달랐다.

하피의 시체가 늘어져 있지도 않은 걸 보아 다른 장소다.

무영이 묻자 배수지가 잠시 고민하곤 말했다.

"음……. 최상급의 방이래요. 갑자기 방 자체가 바뀌더니 이렇게 됐어요."

방 자체가 바뀌었다?

아마도 상급 방에서 곧장 최상급 방으로 이동한 듯싶었다.

하지만 내려지는 시련이 없었다.

주변은 고요하기만 했고 배수지는 이미 책 한 권을 들고 있었다.

'빛의 계보.'

들어본 적이 있는 것 같았다.

자세한 내용은 기억에 없지만 최상급 계열의 스킬들 사이에서 그 이름을 언뜻 본 듯했다.

게다가 무영의 몸 위로도 어느새 책 한 권이 놓여 있었다.

'……하늘의 눈!'

고르지도 않았는데 어째서 벌써 찾아져 있단 말인가.

배수지에게도 말한 적이 없다.

이것마저 감으로 찾았다면 배수지는 감이 좋은 게 아니라 독심술을 타고난 것일 테다.

마음을 훔쳐보지 않고선 불가능한 일.

“네가 가져온 건가?”

무영이 의문의 눈으로 바라보자 배수지가 고개를 저었다.

“그냥 들어오니까 생기던데요? 그리고 이 주변으로 이동할 수가 없어요. 계속 스킬을 익히면 나갈 수 있다고만 해요.”

차마 무영을 두고 갈 수 없어서 스킬을 아직 익히지 않았다는 뜻이다.

‘이래서 최상급 방에 대한 정보가 제한적이었나 보군.’

최상급 방에 대한 정보는 모든 집단에서 최고 기밀 중 하나다.

무영도 시계의 히스토리로만 접했기에 제대로 된 정보를 가지고 있지 않았다.

시계의 히스토리는 어디까지나 ‘최상급 방에 들어가서 뭐를 익혔다’라는 수준만 적혀 있지, ‘안에 무엇이 있고 무슨 장치가 있다’라는 식의 상세한 정보는 주지 않았던 탓이다.

당사자가 바라거나 가장 알맞다고 여겨지는 스킬을 주는 모양.

하기야 주변에는 책이나 책장 따위가 하나도 없었다.

있는 거라곤 죄다 가지각색의 시계뿐이었다.

이러니 최상급 방에 대한 정보를 알고 싶어도 제한적일 수밖에 없었다.

최고 기밀로 취급할 만하였다.

무영은 책을 쥐었다. 이어 천천히 책을 펴고 넘기자 책이 녹듯이 무영의 몸 안으로 빨려 들어갔다.

〈'하늘의 눈' 스킬을 익혔습니다.〉

이로써 하늘 도서관에서 가진 스킬이 두 개가 되었다.

시계를 돌려 내용을 확인했다.

스킬명 : 육도(六道, 제 1계.)

설명 : 망자와 마귀가 사는 여섯 세상의 깨달음을 담았다. '계(界)'를 넘어서면 인지의 영역이 확장되며 다른 세계로 발돋움을 할 수 있다. 인지한 세계로 망령과 마귀를 잡아둘 수 있고, 그 계층에 따라서 성향과 힘이 분별된다. 각 6계를 설명하자면 아래와 같다.

아수라도(阿修羅道) - 늘 싸움만을 일삼는 미친 아수라의 세계.

지옥도(地獄道) - ???

아귀도(餓鬼道) - ???

축생도(畜生道) - ???

인간도(人間道) - ???

천상도(天上道) - ???

스킬명 : 하늘의 눈(F)

설명 : 하늘 도서관에 있는 모든 정보를 총망라한 스킬. 랭크를 올

릴수록 볼 수 있는 범위가 넓어진다.

육도와 하늘의 눈.

전혀 다른 내용이었지만 육도는 무슨 스킬인지 전혀 감이 오지 않았다.

'???'라 표시된 부분은 스킬을 강화해야만 알 수 있을 것 같았다.

반대로 하늘의 눈은 무영도 익히 알고 있었다.

'상대가 사용하는 스킬, 장비 등의 정보를 읽어낼 수 있지.'

108개의 눈을 가진 남자 고르엠.

그는 가장 많은 관찰 계열 스킬을 가진 이였다. 그리고 하늘의 눈은 그 많은 스킬 중에서도 가장 특별하다.

알 수 있는 범위도 가장 넓어서 범용적으로 쓰인다.

고르엠을 암살함으로써 알아낸 사실이긴 하지만 당시를 떠올리면 헛웃음만 나왔다.

그 과정에만 장장 6개월이 걸렸다.

모든 함정과 잠복한 장소를 피해가며 안전을 지켰기 때문이다.

별다른 무력을 갖추진 않았지만, 굉장히 까다로웠던 것으로 기억한다.

스킬을 사용하면 대부분 피해내니 순수한 실력으로 제압하였다.

'전승 효과도 하나 추가되었다.'

자신의 눈이 잘못되지 않았다면 분명히 하나가 더 추가되었을 터.

즉시 확인했다.

전승 효과 -〉

비탄의 그레모리(A, 모든 능력치+3)

영혼 동반자(B+, 언데드와 영혼을 동화할 시 해당 언데드의 능력치 소폭 증가)

아수라의 사도(A, 망자와 마귀의 힘을 다루는 망혼력 '10' 증가)

직업 효과 -〉 데스 로드(Lord class, 죽음의 지배자)

능력치 -〉

힘 80(54+26)

민첩 71(53+18)

체력 77(49+28)

지능 48(30+18)

지혜 48(30+18)

투기 50(32+18)

마법 저항 30(12+18)

망혼력38(10+28)

특이사항 : 투기에 눈을 떴습니다.

착용&적용 중인 무구 : 비탄(힘+5), 괴력의 가죽갑옷(힘+3), 미치광이 군주 세트(모든 능력치+15, 체력+10)

망혼력!

고유 능력치 하나가 발현되었다.

A등급으로 책정된 걸 보아 저 망혼력이 '육계'의 핵심 능력치인 듯했다.

그동안 능력치도 많이 상승해 있었고 원하는 바도 이뤘으니 진행은 순조롭다고 할 수 있었다.

"아저씨…… 그, 그런데 머리에…… 뭔가 달라진 거 같아요."

그때 배수지가 한 발자국 뒤로 물러났다.

무영은 미간을 찌푸렸다.

달라졌다니.

만약 변화가 생겼다면 한 가지 이유뿐이다.

육도!

마귀들의 미친 세상을 깨달으며 생긴 현상이었다.

하지만 정작 무영은 뭐가 달라진 지 알 수 없었다.

머리라고 짚어서 이야기하는 걸 보면 가장 많은 변화가 머리 어딘가에 생겼다는 의미다.

손을 들어 윗부분을 쓸자 무언가가 만져졌다.

무영은 대놓고 인상을 찌푸리며 모습을 확인하고자 상태창 시계의 뒷부분에 자신을 비쳤다.

'이건…….'

천하의 무영도 조금은 놀랄 수밖에 없었다.

그도 그럴 게 머리가 새하얘지고…….

뿔이 생겼다.

머리 중심부에 자신의 존재를 알리듯 우뚝 서 있었다.

크기가 크지는 않았지만 머리카락 색과 함께 변화한 것이다.

'도깨비의 왕.'

시계 속 자신의 모습을 보며 불현듯 든 생각.

이런 뿔과 하얀 머리칼은 도깨비의 왕만 가질 수 있었다.

무영은 잠시 생각에 잠겼다.

모든 마귀의 정점이라 할 수 있는 아수라의 사자가 되어서일까.

하나, 지금 모습은 눈에 너무 띈다.

이대로 바깥에 나가선 시선이 집중될 수밖에 없다.

몇몇 집단이 하늘 도서관에서 익힌 스킬이 무엇인지 알아내려 할 테고 그 과정에서 문제가 생길 소지가 다분했다.

그러나 뿔을 꾹꾹 눌러봐도 들어가진 않았다.

'아수라도를 사용하면 뭔가를 알 수 있을 테지.'

이 변화의 중심에는 육도가 있다.

현재 무영이 사용가능한 건 '아수라도' 하나뿐. 미친 망령과 마귀들의 세계를 이용하는 것만 가능하다.

하지만 지금은 사용하지 못할 것 같았다.

'촉매가 필요하다.'

본능적으로 알았다.

망령. 혹은 마귀가 필요하다는 걸.

그리고 무영은 둘 중 하나가 있는 장소를 알고 있었다.

하급 방과 중급 방!

그곳에 있는 그림자들 역시 망령의 범주에 들어간다.

"아저씨…… 맞죠?"

어느새 '빛의 계보' 스킬을 익힌 배수지가 조심스럽게 말했다.

그 조심스러움이 무색하게 무영은 차갑게 답했다.

"이제부터 혼자 나가라."

"저 혼자요?"

무영은 지그시 배수지의 눈을 쳐다봤다.

일단 주어진 시간 동안 해볼 수 있는 것을 모두 해볼 작정이었다.

그러니 배수지가 함께 있어서 좋을 게 없다.

스킬의 설명이 예사롭지 않은 이상, 아수라도를 사용하면 '왕자와 복수자들'에서 어벤져의 파괴적인 성향을 제어하지 못하여 주변 모두를 깨부술 수도 있었다.

그리고 무엇보다…….

무영은 대도시에서의 모든 목적을 이뤘다.

굳이 나가서 의심할 여지를 주느니 아예 찾지 못하도록, 죽었다고 생각하도록 축지의 법보를 사용하는 게 낫다.

나가봤자 화룡우에 관한 조사도 조금씩 끝나갈 테고 괜히 시간만 끌릴 가능성이 농후했다.

제대로 수습하지 못하면 겉모습과 더불어서 거대 집단의 추격을 줄줄이 받을 수도 있었다.

"아저씨, 어디 가는 거 아니죠?"

배수지가 불안함을 감추지 못하고 입을 열자 무영이 손가락으로 한 지점을 가리켰다.

"저 시계탑의 중심부로 향하면 하늘 도서관 바깥으로 이동될 것이다. 바깥에서 기다려라."

시계들 사이에 구멍이 뚫린 시계탑 하나가 오롯이 서 있었다.

저기가 탈출구다. 최상급 방에만 설치된 문.

"꼭 가야 돼요?"

"가라."

무영이 무심하게 내치자 배수지의 눈에 눈물이 조금씩 맺혔다.

"조금 전에 놀라서 죄송해요. 방해 안 되게 입 꾹 닫고요, 고양이가 걷는 것처럼 살금살금 걸을게요."

무영은 눈살을 구겼다.

배수지는 무영이 떠나가리라는 사실을 조금이나마 깨닫고 있는 듯했다.

하지만 배수지의 이런 반응은 조금 의외였다. 여태껏 같이 한 시간이라고 해봤자 고작 한 달이 조금 넘는다.

심지어 무영이 잘해준 것도 아니다.

무영은 철저하게 받은 만큼만 주었다. 일을 하면 합당한 보상을 주듯이.

따로 편애한다거나 정을 주지도 않았다. 그런 방법조차 모른다.

그게 신뢰와 애정으로 돌아오리라곤 생각지도, 상상치도 못했다.

적어도 무영에게 있어서 저 두 단어는 무척 낯설다.

"앞으로는 울지도 않고요, 더 열심히 할 거예요. 더 노력할 테니깐……."

배수지가 입을 앙다물었다.

무영의 성격상 우는 모습을 좋아하지 않을 거로 생각해서다. 그리고 이런 모습은 배수지의 입장에선 당연한 것이었다.

유일하게 자신과 아빠를 받아준 사람.

방해되리라고 여기며 모두가 꺼린 걸 처음으로 인정해 준 사람이었다.

위기의 상황에서 히어로처럼 등장한 것도 무영이었다.

배수지에게 무영은 은인이며, 든든한 버팀목이고 우상이자 영웅 그 이상의 존재였다.

솔직히 신이 아닐까 생각한 적도 있었다.

모든 걸 안다. 모든 행동에 답이 있다. 그 모든 것이 배수지의 생명을 지켜줬다. 신도 그냥 신이 아니라 수호신에 가깝다.

수호신이 떠나갈 것만 같은 기분에 울적해진 감정을 억누를 수가 없었던 것이다.

무영은 법보를 한 장 꺼냈다.

"받아라."

"이건……."

"땃쥐의 제왕이 깃든 법보다."

땃쥐의 제왕 찡찡이.

나름 여러 가지 활약을 해왔지만, 이번에 얻은 스킬로 말미암아 크게 쓸 일이 없어졌다.

찡찡이가 할 수 있는 일은 언데드를 통해서도 거의 할 수 있었다. 어차피 계륵과 같았다.

배수지가 눈물을 쓱쓱 닦으며 무영을 쳐다봤다.

"반드시 돌려줘야 한다. 나는 그것을 매우 아끼고 있으니."

"……."

"바깥에서 기다려라."

배수지는 무영과 법보를 번갈아 보다가 땃쥐의 제왕이 깃든 법보를 받고는 모종의 결심을 한 것처럼 고개를 굳세게 끄덕였다.

이윽고 다리를 옮기며 시계탑 근처로 걸어가기 시작했다.

그러면서도 중간에 한 번씩 무영을 돌아보는 걸 잊지 않았다.

"안 오면 버릴 거예요."

나가기 전 한마디를 쏘아낸 후 배수지가 문을 넘었다.

순식간에 주변이 적막해졌다.

'배려.'

무영은 그 두 글자를 떠올리곤 피식 웃고 말았다.

40년간 꼭두각시로 살아가며 모든 감정이 죽은 줄로만 알았는데 꼭 그렇지도 않은 듯했다.

만약 40년간 봉인되어 온 본성이 조금씩 튀어나오는 것이라면.

오히려 살수림에 납치되기 전 자신은 약간의 배려심이 있는 사람이 아니었을까.

무슨 일을 하고 어떤 마음가짐으로 하루하루를 살아갔을지.

궁금했지만 그뿐이다.

아무리 노력해도 떠오르지 않았다. 잡을 수 없는 바람과 같았다.

무영은 이내 고개를 저었다.

'영웅의 자질이 있다.'

배수지에게도 김태환처럼 영웅의 자질이 있었다. 하지만 그다지 기대하지 않은 건 배수지가 너무 어렸기 때문이다.

어리면 변하기 쉽다. 아직 자아의 확립이 제대로 되지도 않았을 시기. 그렇기에 고작 한두 달로 파악할 수는 없다.
커가면서 전혀 다른 사람이 될 공산이 매우 크다.
김태환은 스스로 생각하고 걸을 수 있는 어른이지만, 배수지는 주변의 유혹에 약한 나이였기에.
'누구나 탐낼 만하지.'
최상급 스킬과 시크릿 클래스!
특히 여명이 발키리는 주변 사람의 마음마저 녹인다.
어떠한 공작을 펼친대도 가릴 수 없다. 주머니 속의 송곳과 같다.
옆에서 평생 지켜줄 게 아니라면 아예 놔버리는 게 맞다.
무영은 혼자서 나아가기도 바빴으므로 챙겨줄 여력이 없다.
하지만 혹시 모를 그 아주 낮은 가능성을 위해 무영은 투자를 했다고 생각했다.
정말 별거 아닌 투자이긴 하지만…….
'각자의 길을 걷는 사람이 되어 있어야 할 것이다.'
무영과는 다른 길을 걷더라도 대부분의 기득권이 선택한 방종을 고르지 않기를 바랄 따름이다.
꾸준히 걷다 보면 언젠가는 만날 터.
머리를 젓고 상념을 털어냈다.
'가자.'
마지막 점검을 해볼 시간이다.

중급 방에 있는 그림자 망령들이 무영을 발견하곤 빠르게 다가왔다.

그림자 망령을 쳐다보자 무영의 눈 색깔이 하얗게 변하며 언뜻 귀기(鬼氣)가 서렸다.

'와라.'

무영은 이미 마귀와 망령을 다루는 법을 알고 있었다.

다가오는 그림자 망령을 피하지 않고 그대로 손에 쥐었다.

놀랍게도 그림자 망령은 무영의 손에 붙잡힌 채 허공으로 떨어졌다.

쏘옥!

이후 입속에 털어 넣자 그림자 망령이 빨려 들어갔다.

크아아아아아!

체내로 들어간 망령이 날뛰기 시작했다.

무영의 몸속은 여섯 세상 중 하나인 '아수라도'로 연결되어 있었다.

허약한 망령이 들어가면 곧장 미쳐 버릴 수밖에 없는 세계.

'아수라도는 완전히 내 것이 된 게 아니다. 조금씩 망자와 마귀를 늘려서 아수라도를 지배해야 한다.'

체내로 들어간 망령이 날뛰며 무영도 조금씩 아수라도의 윤곽을 확인할 수 있었다.

아수라도에는 이미 많은 망령과 마귀가 있지만 그들은 무영의 명령을 듣지 않는다.

허약한 아수라의 말은 듣지 않겠다는 의지가 느껴졌다.

저들을 다룰 수 있는 유일한 방법은 조금씩 무영만의 실체 없는 괴물을 늘려서 힘을 증명하는 것이다.

그리고 아수라도를 정복하면 또 다른 계층이 풀려나리라.

무영은 망령이 보이는 족족 흡수하다가 강철 인형을 만났다.

'보인다.'

강철 인형을 움직이는 망령이 무영의 눈에 똑똑히 들어왔다. 그림자 망령보다 한 단계 격이 높은 망령이다.

하지만 강철 인형은 혼자 있는 적을 공격하지 않는다.

그 조건이 무영에게 기회로 다가왔다. 지나가다가 금을 줍는 일과 비슷하다.

무영은 지체 없이 손을 뻗어 강철 인형의 망령마저 흡수했다.

투둑! 투두두둑!

동시에 강철 인형이 균열을 일으키며 부서지고 쓰러졌다.

'찾아라.'

무영의 명령에 따라 여태껏 잡아먹은 망령들이 튀어나왔다.

그들은 형체가 없다.

순식간에 주변으로 퍼져 나가며 나머지 망령을 수색했다.

데스 로드는 죽은 시체만 다룰 수 있었다. 이처럼 망령 종류의 괴물은 다루지 못했다.

그렇게 무영은 두 시간도 안 되어 중급 방에 있던 모든 망령을 자신의 것으로 만들 수 있었다.

〈다섯 기의 강철 인형을 쓰러뜨렸습니다.〉

〈중급 방의 숨겨진 조건을 완료했습니다.〉

〈'그림자 갑옷'을 획득했습니다.〉

그저 망령을 흡수했을 뿐인데 쓰러뜨린 걸로 인식이 되었다.

이윽고 나타난 것은 까맣고 알 수 없는 재질로 만들어진 갑옷이었다.

갑옷이라기보단 가죽 옷과 같은 느낌이었지만 제대로 확인을 하고자 무영은 시선을 집중했다.

명칭: 그림자 갑옷

등급: B+

분류: 장착형

내구: 12,358

효과: 하루 세 번 시야에 있는 그림자로 이동을 가능하게 해준다.

현재 무영이 입고 있는 갑옷은 '괴력의 가죽 갑옷'이었다.

힘을 3 올려주는 효과와 괜찮은 내구를 가지고 있어서 사용했지만 등급은 낮다.

이렇다 할 대체품을 찾지 못하고 있었는데…… 훨씬 좋은 장비가 나타났다.

그림자로의 이동!

하루 세 번 조용히 뒤로 다가가서 목을 딸 기회가 생기는 셈이다.

'좋군.'

살수라면 누구나 꿈꿀 장비다. 뿐만 아니라 위험한 상황에서도 요긴하게 사용할 수 있을 듯싶다.

내구가 조금 낮은 게 옥에 티지만 그래도 나쁘지 않았다.

무영은 지체 없이 괴력의 가죽 갑옷을 벗고 그림자 갑옷을 착용했다.

이후 하급 방으로 이동하려는 찰나, 저 멀리서 여러 사람이 움직이는 모습을 포착했다.

그들의 중심에 호루스가 있었다.

한 번 강철 거인에 의해 길이 막힌 전적이 있어서 하급 방에 있던 사람을 긁어모은 것 같았다.

호루스는 한참이나 자리에 멈춰 서서 무영을 들여다봤다.

"너……."

그러다가 조금씩 호루스의 입가에 미소가 번졌다.

"하! 모습이 바뀌어서 한참을 못 알아봤다. 보아하니 상급 방에서 스킬을 익힌 모양이로구나."

무영의 외견이 변한 게 상급 방에서 모종의 스킬을 익혀서라고 호루스는 확신하고 있었다.

그저 보는 것만으로도 왠지 모를 귀기가 느껴진 탓이다.

그렇다면 최상급 스킬은 어떨지 상상하는 것만으로도 기분이 좋았다.

하지만 호루스는 모르고 있었다.

무영은 이미 최상급 방에 올랐다가 내려온 것이며 노리던 '빛의 계보' 스킬도 배수지가 낚아채 갔단 사실을.

호루스의 입가가 비열하게 꿈틀거렸다.

"잘 만났다. 감히 강철 인형을 몰아서 나를 죽이려고 해?"

호루스의 눈에 불꽃이 튀었다.

다시 만나거든 반드시 죽인다고 다짐했는데 그 기회가 빨리 찾아왔다.

화르륵!

호루스의 등에서 불꽃 날개가 생겨났다.

빛으로 이루어진 검을 뽑아 들었다. 영락없는 태양의 전사다.

실제로 호루스는 태양 길드의 수많은 유망주 중에서 가장 뛰어난 실력을 갖추고 있었다.

나이는 어리지만 전사라고 칭해도 이상할 건 없었다.

자신이 무조건 이기리란 자신감.

무영을 얕잡아 보는 비웃음까지.

이어서 호루스가 이죽거렸다.

"절대로, 절대로 편히 죽이진 않으마. 이 개 같은 놈아."

호루스가 움직였다.

아니, 움직였다고 인지한 순간 이미 바로 앞에 와 있었다.

'잡았다!'

상급 스킬을 익혔대도 사용자의 능력이 일천하면 제대로 활용하지 못하는 법이다.

단 한 번의 칼질로 끝나는 게 싱겁긴 했지만, 압도적인 실력 차이 앞에선 어쩔 수 없다.

그렇게 호루스가 승리를 확정할 때.

스아아아아!

정체 모를 소리와 함께 호루스의 검로가 살짝 바뀌었다.

무영은 그저 가만히 있는데 검이 빗겨 나갔다.

"어……?"

바로 앞에 있는 표적을 못 맞혔다고?

있을 수 없는 일이다.

당황한 나머지 말이 샜다.

의심의 눈초리로 눈을 돌리자 무영의 입가가 조금 올라가 있었다.

'이런 식으로도 사용할 수 있나 보군.'

11장
마신의 영역

망령을 이용한 정신 공격!

그림자 망령은 빙의한 사람을 조종할 수 있었다. 그와 마찬가지로 망령을 이용하면 상대의 행동에 제약을 주는 게 가능했다.

하지만 이러한 정신 공격은 보통 지능 수치가 높으면 크게 효과가 없다.

능력치 중에서 지능은 정신 계통의 면역과도 관련되어 있으니 호루스의 지능이 그다지 높지 않다는 방증이었다.

그러나 완전 지배는 되지 않았다. 검로를 바꾼 정도가 전부다.

'태양 길드의 길드원이 착용하는 태양 투구는 기본적으로 정신이상 방어 효과를 갖고 있다.'

무영은 아예 호루스의 몸 전체를 지배하려고 했었다.

태양 투구가 없고 무영이 망령을 다루는 솜씨가 조금 더 좋았다면 충분히 가능했을 것이다.

오래 지배할 필요도 없다.

단 1초만 있어도 무영은 상대를 죽일 수 있다.

"무슨 스킬을 사용한 건지는 모르겠다만, 그래 봤자 잔재주에 불과해!"

호루스가 이를 갈았다.

그러자 태양 투구가 빛을 발했다.

〈'하늘의 눈'이 상대의 스킬을 읽어냅니다.〉

〈태양의 축복 – 5분간 상태 이상 면역 상태가 됩니다.〉

무영의 눈앞으로 두 줄의 글귀가 떠올랐다.

하늘의 눈이 자동으로 발현되며 호루스의 변화를 알려준 것.

'5분간 상태 이상 면역.'

망령을 이용한 정신 공격이 더는 통하지 않는다는 뜻이다.

태양 투구라고 전부 같은 성능을 내지는 않는다. 5분간 완전 면역이라면 저건 그중에서도 최상급이다.

곧 호루스가 공간을 접으며 무영을 향해 달려왔다.

'블링크 스킬을 사용할 줄 아는군.'

차앙!

비탄을 꺼내 호루스의 검을 가까스로 막았다.

블링크는 공간을 접어서 짧은 거리를 이동하는 스킬이다.

길어봐야 2m 정도이고 마력을 많이 잡아먹어서 블링크의 랭크를 굳이 끌어올린 사람은 거의 없었다.

하지만 호루스는 블링크를 자유자재로 이용했다. 높은 숙련도와 그것을 소화할 만한 막대한 마력을 갖추었다.

스악! 파바박!

호루스의 공격은 그야말로 동에 번쩍 서에 번쩍이었다.

한순간의 방심으로 목이 달아날 지경. 무영조차 바짝 긴장할 수밖에 없었다.

호루스는 빛의 검을 늘리거나 뽑아서 날릴 수도 있었다.

그러나 이 역시 마력을 잡아먹는 행위다.

고작해야 15, 16살 정도로 보이는데 저만한 마력과 실력을 갖췄다니.

'예사 유망주는 아니다.'

태양 길드에 저만한 유망주가 있었던가?

무영이 상대한 화룡우나 율령보다 두 발자국은 앞서가고 있었다.

비슷한 또래에서 이만한 차이가 난다는 건 그만한 재능과 노력, 주변의 원조가 있었다는 뜻이다.

그에 비해 지능 수치가 낮은 건 의외지만 대단한 실력이라 아니할 수 없었다.

하지만 분명히 자신이 앞서고 있는데 제대로 타격을 입히지 못하자 호루스도 이상함을 느끼곤 인상을 잔뜩 찌푸렸다.

한참이나 공격을 퍼붓던 호루스가 행동을 멈췄다.

"네놈…… 초보자가 아니었던가? 어떻게 초보자 따위가 나를 상대할 수 있는 거지?"

호루스는 2세대다. 초보자가 푸른 사원에서 한 달을 보내고 나온다는 것만 안다.

그러나 그 짧은 사이에 강해졌다고 해봤자 자신을 이기는 건 불가능하다.

무영은 대답하지 않았다. 대신 신경을 곤두세웠다.

'최대 2m.'

호루스가 블링크로 도약할 수 있는 범위.

지금 무영은 그 안에 있었다.

언제고 목이 달아날 수 있는 상황인 것이다.

그러거나 말거나 호루스는 여유롭게 말했다.

"보아하니 그 지구라는 곳에서도 강자였던 거로구나. 좋다. 실력자는 대우받을 자격이 있다. 이제부터 전사로서 그대를 맞이하겠다."

검을 세워 바닥에 꽂았다.

"내 이름은 호루스! 대전사 올마이티의 자식이고 태양신의 화신이니라."

고대 이집트 신화에 등장하는 태양신의 이름을 그대로 따왔다.

태양 길드에서 그 이름이 허락됐다는 건 그만큼 고귀한 혈통을 이었다는 것이다.

대전사 올마이티!

태양 길드 제2석을 맡고 있는 실력자다.

과거 인류 10강이었고 나이에 의해 밀려난 남자.

그렇다고 해도 무시할 수 있는 상대는 아니다. 그 노련함은 아무도 당해낼 수 없었다.

'올마이티의 자식이었군.'

호루스라는 이름도 들어본 적이 있었다.

실제로 본 적도 있는데 지금의 모습과는 전혀 달라서 알아보지 못했다.

과거 무영이 봤을 때의 호루스는 완전한 폐인이었다.

팔이 한쪽 잘리고 술과 약, 여자에 절어 사는 한심한 녀석.

어렸을 때는 유망주 중에서도 유독 강했다는 이야기를 들어본 기억이 있긴 있었다.

'길드 마스터 자리에 도전했다가 그 꼴이 났다고 했던가.'

알렉산드로 퀸타르트의 장기 집권. 그로 인한 절대 왕정의 완성.

태양 길드는 알렉산드로 퀸타르트의 성이었다.

그의 집권은 끝날 기미가 보이지 않았고 결국 참지 못해

도전장을 던졌다가 팔 한쪽이 잘렸다고 들었다.

올마이티의 자식이 아니었다면 그 자리에서 참수를 당했을 것이다.

이후 그는 폐인이 되었다.

그러나 지금은 폐인이 아니다. 멀쩡한 모습의 호루스가 무영을 재촉하듯 바라봤다.

"무영."

"무영? 특이한 이름이군. 그럼…… 다시 시작하자."

호루스는 천생 전사다.

죽일 듯이 무영을 노렸으면서도 강자라는 걸 안 즉시 호쾌함을 보였다.

강자와의 싸움이 그 정도로 즐거움을 가져다주는 것이다.

'맛보기는 이만하면 되었다.'

하지만 무영은 단순 정면 대결을 해줄 생각이 눈곱만큼도 없었다.

냉정하게 따져서 1:1은 밀린다.

호루스의 실력은 지금 무영이 당할 수준이 아니었다.

호루스는 유망주 중에서도 1, 2위를 다투는 강자. 되지도 않는 1:1을 고집했다간 자살밖에 되지 않는다.

스아아악!

호루스의 검이 다시금 허공을 베었다.

그러나 이내 몸을 돌려 무영의 기척을 찾았다.

'그림자 이동.'

그림자 갑옷의 효과.

하루 세 번이라는 제약이 있지만 호루스의 시선을 잠시나마 뺏은 걸로 충분했다.

무영의 손에는 어느새 법보가 들려 있었다.

'화염의 창병, 뇌전술사, 왕자와 복수자들.'

전부 다 꺼냈다.

순식간에 서른이 훌쩍 넘는 언데드가 무영의 주변에 늘어섰다.

"네놈…… 설마 시체술사였더냐?"

그 광경을 보고 호루스가 미간을 냅다 찡그렸다.

눈에선 혐오감이 비쳤다.

죽은 자를 다루는 건 전사가 할 짓이 아니라고 생각하는 것이다.

그러나 무영은 아랑곳하지 않았다.

언데드 역시 본인의 힘이다.

"저, 저건 설마……!"

도합 60명이 주변에 늘어서서 무영과 호루스의 싸움을 지켜보고 있었다.

본래는 호루스가 중급 방을 뚫고자 억지로 데려온 사람들.

하지만 그중 한 명이 무영이 소환한 언데드를 보곤 경기를 일으켰다.

"타, 타, 탑의 학살자! 어어, 어떻게?"

털썩!

남자가 주저앉았다.

몸이 쉴 새 없이 떨렸고 극한의 공포 탓에 오줌을 지렸다.

5명을 죽이고 탈출한 사람 중 한 명인 듯싶었다.

무영을 직접 본 사람은 없지만, 좀비나 빙화의 해골을 본 사람은 꽤 있었으니 유추할 수 있었다.

그리고 왕자와 복수자들은 구울 형태의 언데드였다. 덩치만 다르지 생긴 건 비슷하게 생겼다.

남자도 왕자와 복수자들에게 시선을 고정하며 떨고 있었다.

죽기 싫어서 동료의 등을 베어버리며 탑을 탈출한 사람이 수십 명은 되었다.

하필 그중 한 명이 이곳에 끼어 있을 줄이야.

"탑의 학살자? 저 남자가?"

"그 소문이 사실이었다고?"

작은 소란. 사람들은 웅성댔다.

저들이 하늘 도서관을 빠져나가면 무영에 대한 이야기가 퍼져 나가게 될 것이었다.

'원래부터 살려둘 생각도 없었다. 죽여라.'

배수지를 먼저 내보낸 이유이기도 했다.

화르륵!

화염의 창병이 가장 먼저 움직였다.

기다란 창에 불을 실어 주변을 막아버렸다.

콰르릉!

사람들이 엉거주춤하는 사이에 뇌신술사가 벼락을 떨궜다.

"사, 살려줘!"

"제발! 제발…… 아악!"

남은 잔당은 어벤져들이 먹어치웠다.

학살이 따로 없다.

무영은 시체를 되살리고 거기에 망령을 심었다.

그중 정확히 다섯 기에게 변화가 생겼다.

'강철 인형을 움직이던 망령들.'

그 5기가 막 언데드가 된 좀비에 들러붙자 피부가 경질화되며 강철로 바뀌었다. 살아 있는 갑옷이 된 것이다.

그야말로 강철 좀비가 따로 없었다. 능력치도 크게 상향돼서 어벤져와 맞먹는 파괴력을 지니게 되었다.

'연계해서 사용할 수도 있나 보군.'

망령의 사용법이 한 가지 더 생겼다.

불과 몇 분 사이에 60명에 달하는 사람이 죽어 나갔다.

그들은 다시 언데드가 되어 무영의 병사로서 일어났다.

그 모습을 가만히 지켜만 보던 호루스가 어이가 없다는 듯 말했다.

"네놈과 같은 시체술사는 본 적이 없다. 대체 뭐하는 놈이냐?"

네크로맨서는 시크릿 클래스다.

아직 나오지 않았고 나온 적 없으니 호루스가 모르는 것도 당연했다.

시체술사는 죽은 시체를 강시처럼 다루는 자를 일컫는 말이다.

하지만 다루는 숫자가 적고 과정이 까다롭다.

무영처럼 스킬을 사용하는 것만으로 시체를 일으키진 못한다.

“거기다가…… 저 둘은 눈에 익어. 후기지수? 라고 했던가? 그 모임에서 본 거 같은데. 설마 저 둘도 네가 죽인 거냐?”

후기지수란 나이가 젊은 실력자를 의미하는 단어다.

그들의 모임에 참여했다가 둘을 본 것 같았다.

무영은 손을 뻗었다.

곧 100여 기의 언데드가 호루스를 향해 돌진했다.

“대답하지 않겠다는 거냐? 좋다. 네놈을 반쯤 죽이고 다시 물어보마.”

호루스는 자신만만했다.

자신이 명예를 모르는 남자와 시체 따위에게 질 리 없다는 절대적인 자신감.

그만한 실력을 갖추긴 했지만 무영이 다루는 언데드는 모두 살아생전 이상의 힘을 발휘한다.

뇌전술사가 ‘번개 룬’을 심어 주변 좀비와 강철 좀비 30기를 강화시켰다.

'폭주.'

쿠르릉!

강화된 좀비들이 몸을 부풀렸다. 침을 흘리고 눈이 붉어졌다.

몸이 완전히 가루가 될 때까지 폭주하며 적을 파멸시키는 스킬.

죽은 자라고 얕봤던 호루스의 눈에 순간 당혹함이 서렸다.

차아앙!

화염의 창병마저도 호루스의 검을 받아낼 수 있었다.

호루스는 1:1에서 매우 강한 면모를 보였지만 다수를 상대하는 상황엔 익숙하지 않았다.

폭주하는 좀비들이 사방을 막아섰고 화염의 창병이 바로 앞에서 창을 겨눴다.

자칫 방심하면 폭주하는 좀비의 몸을 타고 공중에서 어벤져들이 내려와 목덜미를 노렸다.

태양의 투구가 폭발할 것처럼 빛났다.

그러나 검은 조금씩 빛을 잃어가고 있었다.

마력이 아무리 많아도 한계는 있는 법이었다.

스릉!

무영은 비탄을 꺼냈다.

이후 천천히 걸어갔다.

"이건, 말도 안 된다. 죽은 시체 따위가! 이딴 건 전사의 대결이 아니야!"

"그렇다. 사느냐 죽느냐의 싸움일 뿐이지."

"크흣……!"

그림자 이동으로 뒤쪽에서 나타난 무영이 검을 휘둘렀다.

가까스로 막아낸 호루스는 여전히 당황스러웠다.

무영은 얇게 웃었다.

전사의 싸움?

그런 건 해본 적도 없다.

무영은 언제나 생사의 갈림길에 서 있었다.

무영에게 있어서 싸움이란, 사느냐 상대를 먼저 죽이느냐의 연장선일 따름이다.

"비겁한 놈! 정정당당하게 임해라!"

호루스의 검이 떨렸다. 호흡도 거칠어지고 있었다.

무영은 마지막 남은 그림자 이동을 사용해서 재차 호루스의 뒤를 잡았다.

정정당당.

그런 걸 따져선 오래 살아남을 수 없다.

괴물을 상대하려거든 더한 괴물이 되어야만 했으므로.

지이잉— 채앵!

빛의 검이 깨졌다.

호루스의 등 뒤에 있던 날개도 사라졌다.

무영은 무표정하게 고꾸라진 호루스를 바라봤다.

이어 호루스의 팔목에 찬 상태창 시계를 빼앗아 히스토리를 읽었다.

'호루스는 전형적인 전사다.'

언데드형 전사의 종점은 데스 나이트다.

호루스는 지금껏 얻은 어떠한 소재보다 뛰어나지만, 데스 나이트의 소재로는 부족한 게 사실이었다.

하지만 그 바로 밑에 있는 '데스 워리어' 정도는 될 수 있을 터였다.

'죽음의 예술.'

만들어질 형태를 머릿속에 담아 스킬을 발동시켰다.

곧 검은 기류가 흐르며 호루스의 몸을 덮었다.

〈전사의 혼이 울부짖습니다.〉

〈빛의 태양과 어둠의 죽음 속성이 갖는 절묘한 조화!〉

〈소재가 매우 좋습니다.〉

〈예술 점수 83점!〉

이름: 검은 태양 전사

레벨: 100

성향: 데스 워리어

힘 130(117+13)

민첩 105(92+13)

체력 113(100+13)

지능 58(45+13)

지혜 67(54+13)

마력 120(107+13)

마법 저항 50(37+13)

+훌륭한 무장 상태(모든 능력치+13).

+정신 계열 스킬의 무력화 가능.

+블링크, 검은 태양의 검, 전사의 울부짖음, 홍염의 날개 스킬 사용 가능.

+어둠과 빛에 대한 강한 내성.

+높은 방어력.

무영의 입가에 잔잔한 미소가 머금어졌다.

호루스는 데스 워리어가 되며 생겨난 검은색 전신 갑주를 입고 있었고 정제된 눈빛에선 강자의 여유가 느껴졌다.

여태껏 만들어진 어떤 언데드보다 강했다.

마법 저항도 개화한 상태라면 더할 나위 없다.

하물며 예술 점수 83점은 여태껏 받은 점수 중에서도 가장 높은 것이었다.

크게 부족한 점도 없었다.

만족스럽게 고개를 끄덕이곤 법보화하여 집어넣었다.

이후 또 다른 법보 한 장을 꺼냈다.

'축지의 법보.'

기억 속의 장소로 이동시켜 주는 법보!

'마신의 영역에서 헤들리의 소를 잡는다.'

헤들리의 소가 불사조로 변할 때 그걸 잡아 재료를 얻는다.

그 계획을 실행시킬 단계가 왔다.

이곳에서 얻을 건 전부 얻었다.

검은 태양 전사라는 의도치 않은 보물마저 건지지 않았나.

쫘아악!

무영은 거침없이 법보를 찢었다.

휘이이잉!

그러자 거센 바람과 함께 무영의 모습이 감쪽같이 사라졌다.

쿠우우웅!

거대한 소리와 함께 하늘 도서관이 열렸다.

하지만 나오는 사람은 없었다.

아니, 굳이 따지자면 이틀 차에 나온 여자아이가 한 명 있긴 있었다.

배수지.

고작 열 살 정도밖에 안 되어 보이는 작은 소녀.

그리고 지정된 3일 이전에 하늘 도서관을 나왔다면 그게 가리키는 건 한 가지뿐이었다.

최상급의 스킬을 얻었다는 것!

하늘 도서관에 존재하는 최상급 스킬은 하나같이 예사롭지 않다.

건지기만 하면 기본 이상은 하게 만들어준다.

게다가 그간 경신된 최연소 기록조차 갈아치우며 등장했다.

소식은 순식간에 퍼졌다.

하늘 도서관 앞은 눈 깜빡할 사이에 문전성시를 이뤘다.

어중간한 기록이었다면 이 정도 파장을 가져다주진 못했을 것이다.

그러나 어중간한 기록이 아니었다.

배수지가 가진 클래스도 최소 유니크 이상으로 측정되는 상황.

'대박이다!'

이 사실을 알아차린 거인들은 똑같은 생각을 했다.

이만한 거물 초보자의 출현은 무척이나 오랜만이었다.

덕분에 배수지는 하늘 도서관 앞에서 본의 아니게 발이 꽁꽁 묶였다.

"최상급 스킬은 어떻게 얻었느냐?"

"이번에 얻은 스킬이 무슨 스킬인지 알려주지 않을래?"

"난이도가 쉽게 책정된 거니? 어떤 시련을 겪은 거야?"

질문 공세가 쏟아졌다.

모두의 관심을 받게 되자 거대 집단도 함부로 나설 수가 없게 되었다.

이도저도 아니거나 배수지의 나이가 많았다면 힘으로 어찌할 수 있었을 테다.

애당초 게이트를 넘는 아이가 거의 없었다.

있어봤자 일 년에 다섯 명 안팎.

마계에 터전을 잡았다 한들 사람이라면 푸른 사원을 겪고 게이트를 넘은 아이에 대해선 약간의 동정심이 생기게 마련이었다.

2세대와 달리 지구에서 온 아이였으므로.

그렇기에 게이트를 넘은, 전무후무한 가능성을 지닌 어린 아이를 거대 집단이 힘으로 이용했다는 소문이 퍼지면 그들의 명성에도 타격이 갈 수밖에 없었다.

거대 집단이 수십 년간 유지되고 굳건히 자리를 지킬 수 있었던 건 그만한 역량뿐 아니라, 명예와 명분이 있었기 때문이다.

사람들로 하여금 그 집단에 소속되어 있다는 자부심을 갖게 해주는 게 제일 중요하다.

하여 더러운 일은 살수림과 같이 숨겨진 하부 조직을 이용해서 소문이 나지 않도록 처리한다.

배수지는 그들도 건드리기 까다로운 구석이 많았다.

무영도 기득권층이 가진 것 많은 겁쟁이란 걸 알고 있었기에 적어도 배수지의 목숨은 지켜지리라고 확신하며 내보낸 것이었다.

하여간…….

배수지를 건지기만 한다면 한동안 이슈메이커가 되리라.

정체된 도시에 활력을 불어넣음과 동시에 진짜 '강자'로서 성장할 가능성이 높았다.

집단의 힘은 강자의 숫자에서 나온다.

어중이떠중이 100명보다 강자 한 명이 낫다.

특히 '초월자'라고 규정짓는 강자의 무력은 상상을 초월한다.

주요 능력치가 500을 넘으면 초월자라고 규정짓는데 100 단위로 꾸준히 벽이 생기기에 도합 5개의 벽을 넘는 건 보통의 인간에겐 불가능한 일이다.

이 초월자 하나가 강자 열 명분의 몫을 한다.

마계의 인류 전체에서 찾아봐도 초월자의 숫자가 50명은 될까.

'초월자가 될 재목이다.'

배수지는 초월자가 될 가능성을 가지고 있었다.

초월자의 숫자가 많으면 많을수록 누구도 무시하지 못할 힘을 가지게 되는 셈이니 거대 집단도 욕심을 낼 수밖에.

하지만 이목은 이미 쏠렸고 미리 손을 써서 처리하기엔 너무 늦었다.

하다못해 최상급 스킬과 유니크 등급 이상의 클래스 중 하나만 가졌다면 어떻게 합의를 봤을 수도 있다.

둘 다 가져서 문제였다.

하물며 1세대는 2세대보다 성장 속도가 빠르다는 인식이 만연해 있었다.

초월자가 될 가능성이 높은 재목을 누가 양보하겠는가.

"일단 하늘 도서관에서 누군가 나오는 걸 기다려 보지."

각 집단의 대표로 나온 사람들이 합의를 봤다.

한데 아무리 기다려도 더 이상 나오는 사람이 없었다.

"다 죽었나?"

"이만큼이나 기다렸는데 안 나오는 걸 보면 다 죽은 거 같은데."

초유의 사태다. 이런 경우는 지난 10년 내엔 없었다.

"대체 안에서 무슨 일이 일어난 거니?"

"……몰라요."

배수지는 그저 고개만 저어 보일 뿐이었다.

아무것도 모른다는 듯 도리어 얼굴이 창백해졌다.

다 죽었을 거라는 사람들의 말이 배수지의 귀에도 들어온 탓이다.

'그럴 리가 없어.'

수호신은 죽지 않는다. 죽으면 신이 아니다.

언제까지나 곁에서 지켜보고 지켜주리라고 은연중 생각하고 있었건만.

'아저씨…….'

배수지는 받은 법보 한 장만 손으로 매만졌다.

눈물 한 방울이 뚝! 떨어져 내렸다.

"수지야!"

"제가 아는 아이입니다. 좀 비켜주십시오!"

늦게나마 소식을 듣고 배수지의 친부와 김태환이 달려왔지만 다가가지 못했다.

사람이 많았고 초보자가 끼어들 수 있을 정도로 녹록한 상황도 아니었다.

모두가 모인 중심에서 거대 집단끼리의 열띤 토론이 벌어지고 있었다.

"군림세가의 가주께서 꼭 저 아이를 만나고 싶어 하신다."

"그쪽만 그럴 것 같나?"

"여자아이는 우리 천녀세가에 들어와야 해요. 다른 곳이 제대로 키울 수나 있을까요?"

"오대세가에도 들지 못한 천녀세가가 무슨 역량으로? 끼어들 장소를 구분해라."

목소리가 높아졌다.

각 집단의 주인은 한 명도 보이지 않았지만, 나름 인사에서 중요 직책을 맡은 사람이 모인 자리다.

누구 한 명 양보를 하려하지 않았다.

그때 태양 투구를 쓴 장신의 남자가 입을 열었다.

"솔직히 우리끼리 결정할 수 있는 문제는 아닌 것 같군. 이대로 무의미한 이야기를 계속해 봤자 시간 낭비다. 차라리 아이가 고르게 하는 건 어떻겠나?"

"흠……. 확실히 그게 낫겠군."

"부와 명예를 갖게 해주마."

"저들은 여자의 섬세함을 모른단다."

"너 정도면 차기 길드 마스터 후보로 낙점될 거다. 노력 여하에 따라서 어느 왕 부럽지 않게 살 수 있어."

또 다른 경쟁이 시작됐다.

배수지는 혼란스러웠다. 당최 뭐가 뭔지 알 수 없었다.

그들은 온갖 말로 현혹하려 했지만 어느 한 곳도 배수지가 진정으로 원하는 것은 입에 담지 않았다.

'아저씨, 어디에 있어요?'

배수지는 자리에 주저앉았다.

눈을 감고 귀를 막았다.

그때 사자후(獅子吼)가 터졌다.

"여자아이 하나를 상대로 뭐 하는 짓이냐!"

쿠르르릉!

공간이 통째로 흔들렸다.

소리를 내지른 근육질의 괴인이 그제야 그들의 눈에 들어왔다.

괴인의 정체를 아는 사람들의 눈이 더할 나위 없이 커졌다.

"다, 당신은……!"

"권왕 류신!"

"당신이 어째서 이곳에?"

권왕 류신.

인류 10강에 가장 가까운 남자.

단순 무력 자체는 이미 10강과 견주어도 부족할 게 없다고 전해지는 자.

그가 피식 웃었다.

"나는 왕이다. 왕이 가는 길을 누가 막는단 말이냐?"

그렇다. 그가 권왕이라고 불리는 이유는 단순히 주먹질을 잘해서가 아니다.

그의 말은 정말 왕의 한마디처럼 힘이 있었다.

모든 도시의 출입을 금지당했대도 그는 왕이기에 어디든 들어갈 수 있었다.

"재밌는 놈이 하나 나타난 것 같아서 몇 날 며칠 밤을 새우며 달려왔거늘……. 너희는 아직도 이런 파렴치한 짓이나 저지르고 있단 말이냐?"

류신은 쯧쯧 혀를 찼다.

푸른 사원에서 자신의 기록을 경신한 녀석이 나왔다.

궁금증이 생겨서 면상이나 구경해 볼까 싶어서 달려왔건만 놈은 없고 요란한 상황만 만들어져 있었다.

그러자 태양 투구를 쓴 남자가 다가와 짧게 고개를 숙였다.

"권왕이시여, 이곳은 대도시입니다. 아무리 권왕의 힘이 하늘에 닿았다지만 이곳에서 난동을 부리실 순 없습니다."

"난동?"

류신이 어이없다는 듯이 웃었다.

그리고 말했다.

"진짜 난동이 뭔지 알고 싶지 않다면 꺼져라."

"크…… 흑!"

태양 투구의 남자가 이를 악물었다.

권왕이 가진 왕의 힘이다.

사람들이 '왕언', '용언'이라고 부르는 그것.

이윽고 놀라운 일이 벌어졌다.

남자가 조금씩 발을 들어 류신으로부터 멀어지기 시작했다.

"마음 같아선 죄다 갈아 마시고 싶다만 엉덩이 무거운 놈들이 오면 귀찮아져서 이 정도에서 참는 줄 알아라. 아무리 내가 미쳤대도 어린아이 하나를 두고 그런 짓은 안 한다."

한마디로 너희는 나보다 더 미쳤다는 뜻이다.

이후 류신은 배수지에게 다가갔다.

그리고 가만히 손목을 잡았다.

'오호, 욕심낼 만하구나.'

단번에 배수지의 신체 내부를 관조한 류신이 흥미롭다는 듯이 고개를 끄덕였다.

그는 전통적인 고대 무예의 전수자로 사람이 가진 가능성을 맥을 짚는 것만으로도 알아낼 수 있는 재간이 있었다.

배수지가 가진 재능은 최상이었다.

단순히 스킬이나 클래스에 한정한 게 아니라 그냥 몸 자체만 봐도 훌륭했다.

"아이야, 일어날 수 있겠느냐?"

"……할아버진 누구예요?"

이변을 눈치챈 배수지가 눈을 뜨곤 류신을 바라보며 물었다.

"권왕이라 불리는 사람이다. 그나저나 무섭지 않았느냐?"

"하나도 안 무서워요. 아저씨가 다 혼내줄 테니까."

"아저씨? 그게 누구냐?"

"그건……."

배수지가 입을 꾹 닫았다.

그리곤 고개를 저었다.

류신은 놀랄 수밖에 없었다.

'내 말에 저항을 해?'

그의 말은 항상 힘을 지닌다. 의도하지 않아도 자연스럽게 발산된다.

한데 어린 배수지가 저항했다.

류신이 손을 뻗어 배수지의 이마에 잠시 올려놓았다.

“너를 해칠 생각이 없단다. 뭐, 조금 궁금하긴 하구나. 그 아저씨라는 사람이 누구인지 알려줄 수 있겠느냐?”

“시…… 싫어요.”

거의 반사적인 반응이었다.

자신의 힘에 반항하며 이런 반응을 보이는 경우를 류신은 알고 있었다.

‘방어기제를 쌓아 놓았다.’

그리고 이런 식으로 정신적 방어기제를 쌓을 수 있는 사람은 이 세계에 류신 자신과 다른 한 명밖에 없었다.

‘그림자의 왕!’

류신이 잠시 몸을 떨며 흥분했다.

‘드디어 단서를 찾았다!’

류신은 모종의 일로 오래전부터 한 남자를 찾고 있었다.

누구도 그의 존재를 모르지만 오로지 류신만은 알고 있었다.

‘살수림’이라는 거대한 암살 조직을 운영하며 세계의 뒤편에서 사람들을 기만하는 놈.

벌써 40년이 넘도록 좇았지만 여태껏 잡을 듯 잡지 못하고 있었다.

그런데…… 난데없는 곳에서 단서가 나타났다.

물론 놈이라고 생각하면 방비가 허술하지만, 그래도 그 '아저씨'라 불리는 자가 최소한 놈과 관계된 사람임은 분명했다.

이 기회를 결코 그냥 지나칠 순 없었다.

'장소가 좋지 못하군.'

방어기제를 뚫고 진실을 들으려거든 시간이 필요하다.

류신은 결단을 내리곤 말했다.

"내가 너를 안전한 장소로 데려다주마. 어떠냐? 필요에 따라선 생존에 필요한 기술도 가르쳐 줄 수 있다. 적어도 이곳보단 나을 것이다."

"아빠도, 아빠도 같이 가야 해요."

살기 위해선 따라가라고 배수지의 본능이 외치고 있었다.

그러나 류신은 고개를 저었다.

"혼자만 가능하다. 두 명 이상은 나도 생존을 확신할 수 없다. 늙은 괴물들이 엉덩이를 떼면 둘 중 한 명은 반드시 죽을 테니."

"그럼 안 갈래요."

"안 간다고? 그럴 순 없다. 이곳보다 나와 있는 게 안전해."

류신도 고집을 부렸다. 권왕답지 않은 모습이었지만, 류신도 원래부터가 정상적인 인물은 아니었다.

또한 단서가 그만큼 절실했고 배수지의 자질에 대한 욕심도 없다고는 할 수 없었다.

그 모양새를 지켜보던 사람들이 무기를 꺼내 들었다.

"권왕! 정말 저희와 척을 질 생각입니까?"
"이 소란을 벌이고도 무사히 넘어갈 거라 생각하지 마십시오!"
권왕은 이맛살을 구겼다.
"비켜라, 잡배들아."
쫘좍!
그가 내디딘 땅이 그대로 갈라졌다.
대지가 흔들리고 공기의 압마저 변했다.
제대로 된 격조차 갖추지 못한 사람들은 그대로 무릎을 꿇었다.
"아이야, 걱정하지 말아라. 살아 있다면 반드시 다시 만나게 해주마. 나는 절대 한 입으로 두말하지 않는다."
류신은 모든 걸 자기 뜻대로 해왔다.
이번에도 크게 다르진 않았다.
배수지의 이마를 살포시 누르자 배수지가 쓰러지며 눈을 감았다.
그런 배수지를 어깨 위에 걸치곤 곧 발을 크게 굴렀다.
하늘 높이 뛰어오른 그가 빠르게 대도시를 벗어나기 시작했다.
"수, 수지야……!"
그 모습을 멀리서 지켜보던 배수지의 친부가 고개를 들었지만, 이미 둘은 사라진 뒤였다.

백주대낮에 벌어진 납치극이었다.

지옥마는 화가 났다.

무영이 부탁을 사용할 기미가 없었기 때문이다.

그런데 이번엔 아예 증발해 버릴 줄이야.

자신의 눈에 닿지 않는 곳에서 무영이 죽어버린다면 그만한 불명예도 없었다.

비록 무영이 마음에 안 들긴 했지만 사명은 완수해야 했다.

크히히힝!

크게 울부짖었다.

쾅! 콰르릉!

지옥마의 근처로 수많은 번개가 몰아쳤다.

그래도 사명으로 연결되어 위치를 확인할 순 있었다.

이곳에서 매우 먼 거리이긴 하지만…….

무영이 위험에 처해도 최대한 늦게 등장하리라 다짐하며 지옥마가 엉덩이에 불이 나도록 열을 떼곤 허공을 날았다.

무영은 눈을 떴다.

주변을 둘러보자 확실히 기억 속에 있는 장소였다.

검은 하늘, 검은 구름, 검은 태양과 죽어버린 대지.

거대한 검은 산맥들이 굽이굽이 쳐져 있었다.

'마신의 영역…….'

인간의 입김이 거의 닿지 않은 장소.

앞으로 5년 뒤에나 본격적으로 탐사되어 밝혀질 위치!

무영은 가만히 고개를 주억거렸다.

'생각보다 빠르게 도착했군.'

눈을 돌렸다.

황무지와 다를 바 없는 이곳에서 선점해야 할 재료가 있었다.

'헤들리의 소.'

어떠한 모습으로도 변하며 변한 대상의 능력치를 고스란히 갖는 아주 특이한 요정.

헤들리의 소는 목숨이 경각에 달했을 때 불사조로 변해 도망간다.

불사조는 신기루급의 괴물.

세상에 몇 없으며 그만큼 강력하다.

하지만 헤들리의 소가 변한 불사조는 무영도 충분히 잡을 수 있을 것이다.

얻을 수만 있다면 더할 나위 없는 재료가 되겠지만…….

'일단 이곳이 어디인지 정확히 파악해야겠군.'

5년 뒤 헤들리의 소가 이곳에 있는 건 확실하지만 지금은 아닐 수도 있다. 그러니 먼저 주변을 파악하고 이 지역의 주인이 누구인지 알아낼 필요가 있다.

마신의 영역이니만큼 자칫 강력한 괴물을 만나게 된다면 목숨을 장담하지 못한다.

아직 무영의 수준은 중급을 벗어나지 못했다.

까악! 까아아악!

몸통만 한 까마귀들이 산맥 곳곳을 날아다녔다.

'피 냄새.'

짙은 혈향도 함께 맡아졌다.

무영은 피 냄새가 나는 곳으로 천천히 발걸음을 옮겼다.

끼오오오오!

거대하기 짝이 없는 검은색 공룡과 같은 생명체가 비명을 내질렀다.

그 앞에 전신이 불꽃으로 이루어진 거인들이 검은색 공룡의 목을 쥐고 태우며 농락하는 중이었다.

검은색 공룡은 아퀴토라 불리는 상급 괴물이다.

성정이 사납고 호전적이어서 사냥을 재미 삼아 하여 주변 생태계를 파괴하는 주범.

먹이사슬의 꼭대기에 있는 아퀴토지만 지금은 사냥당하는 쪽이었다.

별다른 저항조차 하지 못했다.

그럴 수밖에.

전신이 불꽃으로 뒤덮인 거인은 생명체의 상극에 있는 존재다.

불타르. 불꽃의 거인.

크기만 10m에 이르는 상급 중에서도 상급의 괴물!

숫자가 많지는 않지만, 무리를 이루고 거친 땅을 지키며 일천 년가량을 사는 전투 종족이었다.

아퀴토를 마치 장난감처럼 가지고 놀던 다섯 불타르가 이내 아퀴토의 목을 꺾고 손을 날카롭게 만들어 가죽을 베었다.

나머지 고기는 불로 태워 익힌 뒤 먹었다.

불타르의 불꽃은 적대하는 자에게만 뜨겁게 타오른다.

'불타르의 영역인가?'

멀리서 그 장면을 지켜보던 무영은 긴장할 수밖에 없었다.

불타르의 영역이라면 이곳에서 활동하는 데 커다란 제약이 생긴다.

일단 불타르는 크기와 다르게 민첩하고 예민하다.

지금 무영의 수준으로는 도망가기 어렵다. 지옥마가 도와준대도 한계가 있을 터.

'어찌한다.'

지금은 불타르를 이길 수 없었다.
모든 언데드를 동원한데도 말이다.
애당초 언데드는 불에 약하다.
“음……? 웬 개미 한 마리가 숨어 있군.”
쿠우웅.
다섯 불타르 중 한 명이 움직였다.
무영은 인상을 구겼다.
최대한 은신했지만 불타르의 기감을 속일 순 없었다.
불타르는 인간과 달라서 주변 온도를 파악하고 생명체의 위치를 감지할 수 있다.
이 영역의 지배자가 불타르만 아니었다면 들키지 않고 유유히 빠져나갔을 터다.
‘언데드로 시간을 끌면 몸은 뺄 수 있다.’
무영은 긴장하며 앞으로 나섰다.
법보를 손에 쥐고 즉시 사용할 준비를 하자 무영의 모습을 본 불타르가 고개를 갸웃했다.
“도깨비? 뭐냐, 무리를 잃었나?”
도깨비?
아아.
무영은 고개를 끄덕였다.
‘육도.’
맞다.

육도를 깨우치며 무영의 모습은 도깨비의 왕과 비슷하게 변하지 않았던가.

불타르가 착각해도 이상할 건 없었다.

무영이 아무런 대답도 하지 않고 있자 불타르가 한쪽 방향을 가리키며 말했다.

"너희 무리는 서쪽으로 갔다. '움의 재림'인가 뭔가의 의식을 한다고. 지금이라면 따라잡을 수 있을 거다."

불타르에게서 적의는 느껴지지 않았다.

적도 아니고 아군도 아닌, 그냥 지나가는 주민 한 명에게 길을 설명해 주는 느낌이었다.

도깨비와 불타르의 관계가 나쁘지 않음을 뜻했다.

'움의 재림?'

들어본 적 없는 이름이다.

물론 도깨비의 생태에 대해서 알려진 게 많지는 않았으니 이상한 의식이 몇 개 있을 법도 하였다.

하여간 불타르가 적대하지 않는다는 걸 알았다.

'기회를 살려야겠군.'

무영은 최대한 심장박동수를 낮췄다.

몸의 온도가 올라가서 긴장한다는 느낌을 주면 불타르가 이상하게 여길 수도 있었다.

'허리에 두른 나무줄기의 띠가 세 겹.'

불타르는 무리 내에서도 계급이 나뉘었는데 특정 나무의

줄기를 허리에 두르고 그 숫자에 따라서 위아래가 달랐다.
그중 세 개의 겹을 둘렀다면 두 번째로 서열이 높았다.
"불타르의 소족장이여! 혹시 헤들리의 소를 아는가?"
언어는 어차피 상태창 시계가 자동으로 번역한다.
억양이 다르지만 불타르는 크게 의심하는 기색 없이 답해주었다.
소족장임을 알아차렸으니 도깨비가 아니라곤 생각하지 않는 것이다.
"헤들리의 소? 들어본 적 없군. 너희는 들어본 적 있느냐?"
나머지 네 명의 불타르가 고개를 저었다.
혹시나 해서 물었건만 역시나였다.
"마찬가지라고 하는군."
"그렇다면…… 고기를 조금 얻어먹을 수 있겠나?"
뜬금없는 제안에 소족장 불타르가 잠시 고민하다가 고개를 주억거렸다.
"작은 도깨비 하나가 먹어봤자 티도 안 날 테니 마음대로 해라."
불타르가 사냥한 공룡 형태의 괴물, 아퀴토는 컸다.
그래도 불타르 다섯이 먹으면 딱 알맞은 정도다.
무영은 의연하게 걸어가서 아퀴토의 살점을 뜯었다.
이후 최대한 게걸스럽게 먹었다.
'불타르의 영역은 광범위하다. 벗어날 수 없다면 녹아들어

가야 한다.'

불타르의 무리가 하나만 있으리란 보장도 없다.

서로 반목하는 집단이 있을 수도 있었고 그들도 이처럼 도깨비에게 호의를 보이리라 생각하긴 어렵다.

그리고 먹을 걸 같이 먹는다는 건 무리 생명체에게 있어서 소속감을 가져다준다. 지금 이 순간만큼은 불타르 다섯과 같은 무리로 행동하는 것이다.

그 모습을 소족장 불타르가 신기하게 바라봤다.

"도깨비는 보통 우리를 보면 놀라고 무서워하는데 신기한 녀석이로군."

작은 동물이 재롱을 떠는 걸 지켜보는 듯한 기색.

무영은 입가에 묻은 기름기를 닦으며 말했다.

"나는 아주 먼 곳에서 왔다. 다른 도깨비와 같이 취급하지 마라."

"도깨비가 다 같은 도깨비이지 뭐가 다르겠느냐."

무영은 인상을 구겼다.

"나는 다르다. 하지만 이 땅은 내게 너무나도 불친절하다. 나에게 맞는 사냥감을 잡으며 강해지고 싶다. 방법을 알려준다면 최대한 사례하겠다."

불타르는 이곳의 터줏대감이다.

어디에 뭐가 있는지 정확히 알고 있으리라.

무영 혼자서 탐색을 하는 건 한계가 있다.

지금처럼 이기기 힘든 상대가 무영을 알아차릴 수도 있다.

이번엔 운이 좋았다.

하지만 언제까지 운이 좋을 수는 없었다.

"흠, 무리를 나온 도깨비가 혼자서 살아가기에 이곳은 척박한 대지이지……."

소족장 불타르가 턱을 쓸곤 계속해서 말했다.

"'품의 나무'의 줄기를 갉아 먹는 벌레가 있다. 녀석들은 땅속에 굴을 파고 살아가서 우리가 잡기는 힘들다. 해결해 준다면 알려주지."

그가 거래를 제안했다.

'나쁘지 않다.'

영역의 지배자인 불타르와 공생 관계를 만들어서 나쁠 건 없다. 그들과 신뢰를 쌓다 보면 헤들리의 소도 찾을 수 있을 것이다.

아무런 정보 없이 움직이는 건 미련한 짓이고 그렇다고 가만히 있는 건 안 될 일이다.

무영은 강해져야 했다.

지금보다 몇 배는 더.

"좋다. 내가 해결해 주마."

거래가 성사됐다.

소족장 불타르는 별 기대 없이 말한 것이었다.

품의 나무는 불타르가 섬기는 나무의 일종으로 세계수에 비할 바는 아니지만 무척이나 커다란 나무다.

작은 산쯤은 되는 크기인데 그 줄기를 갉아 먹는 벌레는 숫자가 매우 많다.

만, 이만 단위가 아니라 십만 단위를 훌쩍 넘는다.

그걸 도깨비 하나가 모두 '해결'하는 건 불가능하다.

말장난이긴 했지만 불타르는 그냥 세상 물정 모르는 도깨비를 골려줄 마음밖에 없었다.

'우리 불타르도 해결하지 못한 고질적인 문제를 해결할 수 있을 리가.'

품의 나무는 불타르가 살아가는 데 필수적인 역할을 한다.

불타르는 불안정한 생물이다. 품의 나무가 가진 뿌리로 불꽃을 진정시키지 않으면 언젠가 불꽃에 몸이 삼켜져 죽고 만다.

당연히 품의 나무가 사라지면 불타르도 영역을 옮겨야 한다.

'앞으로 3년 정도인가…….'

소족장 불타르가 고개를 내저었다.

3년 뒤 품의 나무는 벌레에 먹혀서 죽는다. 그것을 어찌할 방도가 불타르에겐 없었다.

뿌리 깊숙이 살아가는 벌레를 죽이자고 품의 나무를 태울 순 없지 않겠는가.

특이한 도깨비가 나타나서 그냥 내던진 문제였다.

작고 약한 도깨비 하나가 이 문제를 해결할 수 있으리라곤 전혀 기대도 안 하고 있었다.

콰득!

기어 나온 벌레를 밟았다.

곧 벌레가 터지며 초록색 액체가 사방에 쏟아졌다.

'끝이 없다.'

아기 주먹만 한 벌레가 수도 없이 많았다.

산처럼 거대한 나무 근처에 튀어나온 벌레만 수백은 되어 보였다.

이걸 다 잡는다고 하더라도 밑에 있는 벌레까지 모두 잡는 건 힘들 것 같았다.

'나무수염벌레와 비슷하게 생겼군.'

나무를 파먹고 사는 나무수염벌레와 비슷하게 생겼지만 크기가 압도적으로 다르다.

품의 나무를 갉아 먹어서일까?

하물며 이토록 번식한 경우는 찾아보기 힘들었다.

"명령을, 내려주십시오."

무영은 모든 언데드를 소환했다.

그러자 화염이 창병이 무릎을 꿇으며 말했고 나머지는 조용히 무영을 바라보고 있었다.

'검은 태양 전사.'

고개를 돌려 검은색 전신 갑주를 걸친 전사를 바라봤다.

현재까지 만든 언데드 중에서 가장 강력한 예술품.

호루스를 생시로 만들었다면 '데스 워리어' 판정을 받지 못했을 것이다.

죽음의 전사가 되었기에 가산점이 붙었다.

모든 언데드를 향해 무영이 명했다.

"주변의 벌레를 모두 없애라. 단, 나무를 태워선 안 된다."

불타르는 품의 나무를 매우 소중하게 여긴다.

거의 신성시하는 수준이다. 태웠다간 문제가 된다.

불타르의 마을도 근처에 있어서 품의 나무가 불탔다간 즉시 달려올 것이다.

"명령을, 따릅, 니다."

툭. 툭.

모든 언데드가 빠르게 움직이며 벌레를 죽이기 시작했다.

초당 십수 마리의 벌레가 죽어 나갔다.

그렇게 저녁이 될 때까지 벌레를 없앴지만, 도저히 줄어들 기미가 보이지 않았다.

'방향을 바꾸자.'

무작정 벌레를 죽이는 게 답이 아닌 것 같았다.

이만한 숫자면 번식력이 더 높을 터.

무영은 실수를 깨닫곤 다른 방안을 모색했다.

'나무수염벌레는 굴을 만들고 한곳에 알을 까지.'

거기까지 생각이 미치자 무영은 바로 입을 열었다.

"굴을 찾아라. 나무 근처를 뒤져 보면 꽤 큰 공간이 파헤쳐져 있을 것이다. 그곳으로 들어가서 알을 전부 없애라."

단순히 죽이는 일로는 끝이 없다.

알을 제거해야 더는 번식을 못 한다.

하지만 이 방법도 잘못됐다는 걸 깨닫는 데에는 오랜 시간이 필요하지 않았다.

정확히 삼 일 후.

무영은 포기했다.

알이 너무 많았다. 땅굴도 마찬가지였다.

'대체 이런 번식력은 어디서 나온 거지?'

무영은 주변으로 눈을 돌렸다.

불타르의 마을이 근처에 있어서인지 괴물들이 이곳을 찾지는 않았다.

유일하게 있는 것이라곤 품의 나무와 벌레뿐.

하지만 벌레의 먹이가 되는 것은 품의 나무가 가진 뿌리였다.

거대한 뿌리를 먹이 삼아 무한히 늘어났다.

'해결해야 한다. 불타르의 환심을 사면 앞으로의 일정에 도움이 많이 될 것이다.'

불타르는 상급 중에서도 상급 괴물이다. 그들의 가호를 모처럼 얻을 기회다.

괴물이긴 하지만 개의치 않았다. 괴물보다 못한 인간도 많았으니까.

무엇보다 불타르는 전사고 전리품에도 관심이 많았다.

운이 좋으면 쓸 만한 장비를 구할 수 있을지도 모른다.

'벌레밖에 없다.'

무영은 곰곰이 생각했다.

잠자는 시간마저 줄여가며 고민을 거듭했다.

상식을 벗어난 번식력. 벌레를 없애려면 근본적인 문제를 해결해야 한다.

이틀이 더 지나자 불현듯 한 가지 생각이 무영의 머릿속을 관통했다.

벌레밖에 없다.

그렇다는 건…….

'천적이 없다.'

12장
불타르의 마음

생태계를 구성하는 중요 요인 중 하나가 천적 관계다.

천적이 없으면 무한하게 증식하며 생태계를 망쳐 버린 뒤 끝내 자멸한다.

지금 눈앞에 놓인 벌레가 그와 같았다. 뿌리를 다 갉아 먹으면 벌레도 죽을 터.

하지만 불타르는 벌레만을 제거해 주길 바란다.

'죽음의 예술 스킬도 만능은 아니야.'

벌레를 언데드로 만들 순 있다.

그래 봤자 하루에 100마리가 한계다.

무엇보다 좀비처럼 만들어서 번식시킬 수가 없었다.

'언데드란 보통 인간과 같은 아인종을 대상으로 하는 저주다.'

벌레는 아인종이 아니다. 당연히 포함되지 않는다.

'천적이 필요해.'

하는 수 없이 품의 나무를 지키려면 '천적'을 만들 필요가 있을 듯했다.

모두가 아는 벌레의 천적은 새다.

하지만 어지간한 크기의 새는 주먹만 한 벌레를 잡아먹지 못할 것이었다.

엄청나게 큰, 무리를 짓는 새 다수를 당장 구하긴 어려웠다.

'진딧물이 과하군.'

무영은 벌레를 집어 자세히 살폈다.

튀어나온 벌레의 배를 건드리자 안에 찬 물기가 느껴졌다.

품의 나무가 가진 진액을 빨아들인 상태.

진딧물과의 벌레가 이런 식으로 삶을 연명한다.

'진딧물의 천적은 딱정벌레지.'

살수 수련을 받을 적 무영은 벌레에 대해서도 배운 바가 있었다.

이용할 수 있는 모든 걸 이용하고자 독, 동물, 벌레 등을 이용한 살인술을 몸에 익혔다.

벌레 중에서는 상황에 따라서 유용하게 쓸 수 있는 게 많았다.

예컨대 짝을 지은 암수 중 암컷이 죽으면 고독을 느껴 수컷도 따라 죽는 종류, 특정 소리에 반응하거나 특정 체취를 따라가는 벌레 등.

'명왕딱정벌레…….'

무영은 곧장 그 이름을 떠올렸다.

명왕딱정벌레는 마계에 서식하는 크기만 최대 1m에 이르는 딱정벌레목의 괴물이었다.

땅을 파고 들어가거나 긴 입을 이용해서 땅속의 진딧물과 같은 벌레를 잡아먹는다.

보통 마신의 영역 전체에 퍼져 있는데 이 괴물이 벌레들을 잡아먹을지는 모르겠지만 도전해 볼 가치는 있다고 여겼다.

무영은 법보 한 장을 꺼냈다.

곧 100여 마리에 달하는 하피 무리가 무영의 주변으로 떠올랐다.

"최대한 멀리 탐색하여 이렇게 생긴 벌레를 산 채로 잡아와라."

무영은 바닥에 그림을 그렸다.

적당히 특징을 설명하고 마비해서 산 채로 끌고 오도록 명령했다.

하피의 날개에는 마비독이 발라져 있다.

명왕딱정벌레는 그다지 강력한 벌레가 아니니 충분히 가능할 것이었다.

하루가 지나고 서른 마리의 하피가 돌아왔다.

"……음."

하피들이 가져온 온갖 벌레를 바라보며 무영은 미간을 구겼다.

언데드라서 그런지, 새 대가리라서 그런지는 몰라도 명왕딱정벌레는 없었다.

시간이 지나며 20마리가 조금 넘는 하피가 더 돌아왔지만 마찬가지였다.

'돌아오지 않은 나머지는 죽은 건가?'

일반 좀비나 구울은 죽을 때 무영이 마지막 심상을 들여다볼 수가 있었다.

하지만 하피는 뇌 용량이 적어서인가 죽었는지조차 확인할 수 없었다.

'반 조금 넘게 살아 돌아왔군.'

그래도 마신의 영역에 무작위로 퍼져서 이만큼 살아왔으면 다행이다.

절반의 생존율을 예상했는데 7할이 살아남았다.

'그래도 혹시 모른다.'

무영은 낮은 가능성을 버리지 않았다. 이 중 저 거대 진딧물과 반응하는 벌레가 있을 수도 있었다.

홈을 파고, 굴을 만들어 반딧불과 잡아온 벌레들을 하나씩 집어넣었다.

그러나 생각처럼 뛰어난 실효를 거두진 못했다.

'벌레들이 힘을 못 쓰는군.'

이상한 일이었다.

하피가 잡아올 때 이상이 생길 것일까.

거대 진딧물을 제외한 모든 벌레가 제대로 움직이지 않았다. 마치 두려움에 떨듯이 경직되어 있었다.

무영은 그 원인을 조사하며 매일 아침 하피를 내보내길 반복했다.

그리고 모든 언데드를 총동원해 벌레의 영역을 제한하고 있었다.

뿌리를 조금이라도 길게 지켜보고자 함이었다.

그렇게 7일가량이 지났을 때 무영은 마침내 원하는 결과를 얻을 수 있었다.

'명왕딱정벌레!'

드디어 명왕딱정벌레를 구한 것이다.

남아 있는 하피는 고작 10마리.

천운이었다.

게다가 명왕딱정벌레는 알을 품고 있었다.

한 번에 천 개가 넘는 알을 배고 낳으며 그중 성충이 되는 건 1% 내외지만 무영이 환경을 조정하면 10%대까지 올릴 수 있다.

하지만…… 명왕딱정벌레 역시 다른 벌레들과 마찬가지로 몸이 경직됐다. 겁을 먹고 있었다.

"무엇이 문제로 보이지?"

"모르, 겠습니다."

바위에 앉아 묻자 화염의 창병이 답했다.

화룡우의 지식을 갖고 있는 화염의 창병도 이런 문제는 문외한인 듯싶었다.

아무래도 거대 진딧물을 제외한 벌레들이 겁을 먹는 원인을 찾지 못하면 천적을 구한대도 문제가 될 것 같았다.

'하늘의 눈' 스킬을 사용하면 하늘 도서관의 지식을 이용할 수 있지만 원인조차 모르는데 어찌 검색한단 말인가.

'이보다 더한 상황에서도 모든 걸 분석해 냈다.'

세뇌당한 시절의 이야기지만, 무영은 홀로 분석, 침투, 암살 등 그 모든 걸 해냈다.

지금이라고 못할 리는 없다.

무영은 나무 위로 올라갔다.

불타르가 봤다면 경을 칠 장면.

하지만 과감함이 필요했다. 가만히 있어선 아무것도 안 된다.

이후 무영은 나무 위에 올라 조용히 바람결에 흔들리듯 눈을 감고 주변의 모든 것과 동화되었다.

하늘은 조용했다.

땅도 조용했다.

유독 이곳만 그랬다.

무영은 자신의 감정을 죽였다. 기세도 꺾었다. 그리고 하나의 약한 생명체가 되어보고자 하였다. 이 주변을 두려워하는 이유를 알아내려면 그 수밖에 없었다.

하지만 부족하다. 인간 본연이 갖춘 의지가 거부한다.

무영은 은신하며 바람이 되고 땅이 되어본 적은 있지만, 작은 동물이나 벌레와 같이 허약한 생명체가 되어본 적은 없다.

'이건 내게도 하나의 도전이다.'

해본 적 없는 미지의 영역에 대한 도전장을 날렸다.

약해지자. 본성을 죽이자.

쉽지 않았다. 그래서 도전이었다.

곧 무영의 의식이 넓어지며 제법 먼 거리도 눈에 들어왔다.

다가오지 않던 벌레들이 무영의 몸을 타고 올랐다.

무영은 허수아비처럼 가만히 서 있을 따름이었다.

〈지능이 1 올랐습니다.〉

〈지능이 1 올랐습니다.〉

시간이 지날수록 무영의 정신은 깊어졌다.

부들부들.

무영의 몸이 공포로 잘게 떨렸다.

새는 다가오지 못했다. 벌레도 움직일 수 없었다. 오로지 거대 진딧물만 멀쩡한 이유를 알 것 같았다.

'품의 나무는 불의 속성을 억제한다.'

그렇다.

거대 진딧물은 품의 나무가 가진 진액을 빨아들이며 불의 속성을 중화했다. 거대한 크기도 갖게 됐다.

그러지 못한 벌레는 불에 대한 본능적인 공포 탓에 움직이지 못했다.

그렇다면 불은 어디에 있을까?

무영의 시선이 저 멀리 있는 거대한 마을로 향했다.

'불타르의 마을이 문제다.'

불타르는 품의 나무를 숭상한다. 자연스럽게 그 근처로 모인다.

그게 가장 큰 문제였다.

불타르가 가진 불의 속성은 너무 억세다. 꺾이질 않는다.

다른 약한 짐승이나 벌레는 본능에 따라 두려움을 느끼고 다가오질 않는 것이다.

오로지 거대 진딧물이만 품의 나무로 인해 중화되어 활동할 수 있었다.

무영은 나무에서 내려왔다.

빠르게 걸으며 불타르의 마을로 향했다.

"도깨비가 죽고 싶어서 환장했구나!"

늦은 저녁.

불타르의 마을 입구를 지키는 문지기가 무영을 맞이했다.

그렇게 반기는 분위기는 아니었지만 무영은 끄떡도 하지 않았다.

“소족장을 불러라. 나는 그와 약속했다.”

“소족장님이 도깨비 따위와 약속했을 리가 있느냐! 썩 물러가지 않으면 불타르가 왜 가장 성질 사나운 종족인지 알게 해주지.”

으르렁 겁을 줬다.

하지만 무영은 그 정도 협박에 겁을 먹는 성격과는 거리가 멀었다.

“품의 나무뿌리를 먹어 치우는 벌레의 비밀을 풀었다. 소족장을 불러오지 않으면 나는 이대로 떠날 것이다.”

“뭐……?”

무영은 두말하지 않았다.

그저 고개를 올려 불의 거인을 바라볼 뿐이었다.

문지기로선 긴가민가할 수밖에 없었다.

만약 도깨비의 말이 거짓이면 처참하게 죽이면 되지만 도깨비를 믿었냐며 문책당할 것이었다.

반대로 도깨비의 말이 사실이면 이건 더 큰일이다.

부족 전체가 염원하던 일.

그게 자신에 의해 흐지부지된다?

목숨으로 갚아도 부족하다.

어떠한 경우에라도 혼자 문책을 받는 게 낫다고 결정한 문지기가 고개를 끄덕였다.

"거짓이면 세상 모든 고통을 맛볼 것이다. 너희 부족을 찾아가 불태울 것이고 어디에도 발붙이지 못하도록 만들어 주마."

"불러와라."

짧게 답했다.

무영은 불타르가 내뿜는 불꽃에도 의연한 모습을 보였다.

차라리 지옥마가 내뿜는 불길이 더 무섭다. 불타르는 지옥마보다 몇 수 아래의 괴물이다.

문지기는 씩씩 대며 떠나갔고 10분이 지나자 소족장을 데려왔다.

소족장 불타르는 전혀 예상하지 못하고 있었다는 듯 무영을 보곤 고개를 갸웃했다.

"정말 방법을 찾았단 말이냐?"

그냥 골려줄 생각으로 꺼낸 말이었다.

설마 방법을 찾아올 줄은 꿈에도 모르고 있었다.

무영은 똑똑히 말했다.

"두 가지 방법이 있다."

"두 가지씩이나?"

소족장 불타르는 도저히 믿기지 않는다는 눈초리를 지어 보였다.

불타르가 똑똑한 종족은 아니라지만 지금껏 머리를 맞대

고 고민해 봐도 답이 나오지 않았다.

여러 방법을 써봤지만 마찬가지였다.

그걸 10일도 안 된 사이에 해결한다는 건 말이 안 된다.

하물며 두 가지나 되는 방법이 있다니.

사실이어도 모든 불타르의 자존심이 와르르 무너져 내리게 생겼다.

"첫 번째 방법은 품의 나무를 옮기는 것이다. 바위가 많은 지역에선 벌레가 알을 깔 수 없다. 빨아들일 영양분이 부족해서 금방 마르겠지만 5년은 더 살 수 있을 거다."

"그런 일은 절대로 할 수 없다!"

그러면 그렇지.

불타르는 품의 나무를 신성시한다.

그런데 뽑아서 옮겨라?

신성모독도 이런 모독이 없다.

이딴 걸 방법이라고 내놓았느냐는 듯, 소족장 불타르의 두 눈에 불신이 가득 찼다.

"두 번째 방법은 무엇이냐? 두 번째 방법도 별거 아니라면, 내가 부탁했으니 목숨은 살려주겠지만 호된 꼴을 당할 것이다."

소족장 불타르가 위협했다.

무영은 피식 웃었다.

불타르의 성격은 거기서 거기인 모양이었다.

하나같이 성정이 급하고 과격하다.

심지어 위협하는 레파토리도 비슷하다.

물론 무영도 그가 첫 번째 방법을 고르리란 생각은 하지 않았다.

어깨를 으쓱하며 무영이 말했다.

"마을을 떠나라."

"마을을…… 떠나라고?"

소족장 불타르의 몸이 떨렸다.

자신을 우롱했다고 여기는 것이다.

무영은 그가 폭발하기 전 이어서 말했다.

"모든 불타르는 품의 나무로부터 멀어져야 한다. 품의 나무를 들락거리는 것도 최소화해야겠지."

이것도 이해하지 못할까 싶어서 더 정확하게 짚어줬다.

"품의 나무에게 있어서 너희는 민폐다."

"더는 못 들어주겠구나!"

소족장 불타르의 전신에서 불길이 치솟았다. 거구의 몸이 흔들리며 주변 땅이 불타올랐다.

모든 불타르가 품의 나무를 숭상한다. 그들에게 있어서 품의 나무는 없어선 안 될 절대적인 존재다.

품의 나무에서 얻은 줄기로 불을 중화해야만 불타르는 살아갈 수 있었다.

한데 품의 나무는 오히려 반대라고 한다.

당연히 화가 날 수밖에 없었다.

"우리가 이 땅에 자리 잡은 지 벌써 50년이 넘었다. 고작 도깨비 한 마리의 말을 듣고 터전을 옮긴다면 모든 불타르가 비웃을 것이다!"

쿵!

소족장 불타르가 발을 내디뎠다.

한마디만 더 하면 죽이겠다는 듯이.

불타르는 전사의 종족이고 자존심이 매우 강하다.

한번 얕잡아 보이면 그 영역을 떠나야만 한다.

타악!

무영은 손뼉을 한 차례 크게 쳤다.

그러자 화염의 창병이 수십 종의 벌레들을 나무상자 안에 넣어서 데려왔다.

"믿지 못하겠다면 증명해 주마."

선심이라도 쓴다는 듯이 무영이 말했다.

증거를 눈앞에서 보여준다는데 마다할 자가 있을 리 없다.

소족장 불타르는 잠시 불길을 자제하며 입을 열었다.

"마지막 변명이라면 어디 해봐라."

화가 나도 먼저 움직이지 않는다.

최대한 무영의 말을 들어주려고 한다.

괜히 소족장이란 명함을 달고 있는 게 아니었다.

'할 만하겠군.'

적어도 이야기를 들을 자세는 되어 있었다.

다른 불타르에 비하면 사고가 열려 있다는 뜻이고 무영의 설명을 이해하면 어느 정도는 호응해 줄 가능성이 높다고 봤다.

만약 소족장 불타르가 앞뒤 꽉 막힌 전사였다면 이야기 진행에 꽤 많은 장애가 꽃피웠을 것이다.

"가장 먼저 천적 관계에 대해 설명할 필요가 있다."

"천적 관계?"

불타르는 천적이 없다. 그래서 이 관계부터를 잘 이해하지 못할 수도 있었다.

그런 무영의 생각이 적중한 듯싶었다.

계속해서 말했다.

"서로가 잡아먹히는 관계를 뜻하는 거다. 짐승이나 벌레 등 생태계를 구성하는 생명체들의 관계인데 너희 불타르는 그런 장면을 본 적이 거의 없을 것이다. 너희가 가진 불의 속성은 약한 생명체들이 가까이 올 수조차 못하게 만들기 때문이다."

"우리 불타르는 약자를 사냥하지 않는다."

무영은 어깨를 으쓱했다.

"엄밀히 따지자면 불타르의 천적은 바로 이 너무나 약한 거대 진딧물이다. 거대 진딧물은 유일하게 불타르의 불속성에서 자유롭게 움직일 수 있다. 반대로 다른 벌레들은 옴짝

달싹 못 하고 있는 게 보일 것이다."

"고작 벌레 따위가……."

"벌레 따위가 품의 나무를 죽이고 있다. 너희는 그런 벌레를 처리 못 하는 중이고."

소족장 불타르가 입을 닫았다.

심한 모욕이었지만 그도 그 이유가 궁금했기 때문이다.

만약 정말 별것이 없다면 그때 가서 잔인하게 죽여도 된다.

무영은 이어서 말했다.

"거대 진딧물은 품의 나무 진액을 빨아먹는다. 특히 뿌리 부분의 진액은 불을 중화시키는 효과가 있는 것 같더군. 진액을 빨아들인 거대 진딧물은 불의 속성으로부터 자유로울 수가 있었다. 반면에."

무영은 얼어버린 것처럼 움찍달싹 못하는 벌레들을 툭툭 건드렸다.

"다른 놈들은 두려운 나머지 가만히 있고 말지. 원래대로라면 거대 진딧물을 잡아먹으면서 생태계의 균형을 이뤘어야 할 놈들이 말이다."

"이 작은 벌레들이?"

소족장 불타르는 믿기지 않는다는 듯이 몸을 숙인 채 벌레들을 내려다봤다.

자신들도 처리하지 못한 거대 진딧물을 잡아먹는단다.

하지만 소족장 불타르가 이런 것에 문외한인 것도 당연한 일이었다.

생태계의 균형에 관심을 갖는 불타르는 없었다.

힘을 최고라고 여기니 지식의 교환 같은 건 거의 하지 않았다. 다른 종족과 깊은 왕래만 있었어도 어느 정도는 깨달았을 문제이지만, 불타르는 천적이 없는 포식자다.

누가 그들과 왕래할 생각을 하겠는가.

물론 왕래를 하더라도 무영처럼 분석하는 자는 거의 없을 것이다.

이후 무영은 이해하기 쉽도록 천천히 공을 들여서 조금씩 비밀을 벗겨냈다.

반면 소족장 불타르는 시큰둥했다.

오히려 무영이 그럴싸한 말로 포장해서 자신을 속일 수도 있다고 여겼다.

하지만 결정적인 증거가 있었다.

"못 믿겠다면 보여주지."

어려운 일도 아니라는 듯 무영은 품에서 작은 병 하나를 꺼냈다.

"품의 나무뿌리에서 채취한 진액을 모은 병이다. 이걸 나무상자에 뿌리면."

좌악!

무영은 병에 있는 진액을 통째로 벌레들이 들어 있는 나무상자 안에 뿌렸다.

그러자 겁에 질려 멈춰 있던 몇몇 벌레가 움직이기 시작했다.

이윽고 굶주린 배를 채우고자 거대 진딧물을 공격하였다.

"불의 속성에서 비교적 자유로워지니 거대 진딧물을 먹이로 보고 움직인다. 문제는 진액이 마르면 효과가 사라진다는 거다. 너희 불타르가 마을을 옮겨야 하는 이유다."

"우리의 존재가…… 품의 나무에게 악영향을 줘서 말이냐?"

"그렇다."

무영은 냉정하기 그지없었다.

비수로 심장을 후벼 파며 계속 말을 이었다.

"너희 불타르는 몇십 년 주기로 영역을 옮긴다. 그 이유가 품의 나무 때문일 것이라고 추측된다. 맞나?"

5년 뒤 헤들리의 소가 발견되는 때에 불타르는 이 영역에 없었다.

불타르 정도의 괴물이 있었다면 진즉 정보가 퍼졌을 것이었다.

품의 나무가 말라죽어서 영역을 옮긴 것으로 생각됐다.

역시나 소족장 불타르가 고개를 끄덕였다.

"맞다."

"다른 품의 나무 근처로 마을을 옮기면 매번 똑같은 문제가 반복되었을 거다. 거대 진딧물을 죽이는 일에 집중했겠지만 이런 천적 관계를 이용한 자연스러운 회복 방법은 생각해

내지 못했겠지.”

“그것도 맞다.”

“마을을 옮기면 빠른 시일 내로 효과를 확인할 수 있을 것이다. 이후 다른 불타르가 품의 나무 근처로 얼씬도 대지 못하게 해야 한다.”

알을 품은 명왕딱정벌레가 아늑한 장소에서 대기 중이다.

불타르가 멀어지기만 하면 즉시 풀어버릴 작정이었다.

하지만 원하는 대답은 들려오지 않았다.

“두 가지 다 불가능한 일이다. 네 말이 정답이라고 할지라도 평범한 도깨비 하나의 말을 들어줄 불타르는 거의 없다.”

“난 약속대로 해결 방법을 제시했다. 여기서 더 진행되고 말고는 순전히 너희의 몫이다.”

정말로 무영은 할 만큼 했다.

그 당당한 태도에 소족장 불타르는 입술을 잘근 씹었다.

‘평범한 도깨비는 아닐진대.’

소족장 불타르가 아는 도깨비는 모두 겁쟁이다.

하지만 무영은 지금껏 소족장 불타르가 겪은 어떠한 도깨비보다 자신감이 넘쳤다.

도깨비의 왕이라고 칭하는 몇몇 놈도 허세는 있었을지언정 진정으로 불타르 앞에서 자신 있게 자신의 의견을 피력한 녀석은 없었다.

솔직히 무영의 말 중 절반은 이해하지 못했다.

그러나 소족장 불타르는 무영의 진정성을 읽었다.

나름의 증거도 보았다.

천적 관계를 이용해 문제를 해결한다는 다소 새로운 방식.

기존의 불타르는 받아들이지 못한다. 자신이 아니라면 벌써 내쳤을 터다.

하지만 이 새로운 방식에서 소족장 불타르는 가능성을 봤다.

"……내일 이 시간에 이곳으로 나와라. 부족 회의를 통해 결과를 알려주겠다."

소족장 불타르는 결단을 내렸다.

이런 안건을 대족장에게 전달하고 회의를 열 수 있는 건 자신밖에 없었다.

약속을 한 것도 자신이니 책임은 져야 하지 않겠는가.

무영은 시원하게 고개를 끄덕이곤 등을 돌렸다.

'전쟁이 되겠군.'

그 뒷모습을 바라보는 소족장 불타르의 내심이 어지러웠다.

"고작 도깨비 한 마리의 의견으로 마을을 옮기자?"

"진정 소족장은 그게 말이 된다고 보는가!"

반항은 거셌다.

어렵게 열린 부족 회의.

6명의 장로가 극구 반대 의견을 내었다.

"그는 평범한 도깨비가 아니오."

하지만 소족장 불타르는 꿋꿋이 고개만 저어 보일 따름이었다.

"그래 봤자 도깨비! 우리 불타르보다 한참 못 미치는 하등한 생물이다."

"하지만 우리 부족 전사 중 한 명이라도 이긴다면 그 도깨비를 인정 못 할 것도 없지."

도깨비가 불타르를 이긴다?

있을 수 없는 일이다.

도깨비 왕이 와도 마찬가지다.

불타르는 기존 생명체에게 있어선 정점과 같았다.

보기 힘든 신기루급 괴물이 아닌 이상에야 대적할 자가 없다.

"한마디로 장로들의 의견은 그 도깨비가 '자격'이 부족하다고 생각하는 것 아니오?"

소족장 불타르가 의견을 종합하자 족장들이 수긍했다.

"맞다. 도깨비는 우리와 동급이 아니다."

"아무런 자격도 증명되지 않은 도깨비의 말 따위를 누가 믿는단 말이냐?"

자격. 자격이라.

도깨비가 불타르를 이기는 건 불가하다.

하지만 단순한 자격의 취득이라면 방법이 없는 것도 아니었다.

“그렇다면 그가 ‘전사의 시험’을 통과하여 자격을 증명한다면 생각을 바꾸시겠소?”

“전사의 시험을 도깨비가 치른다고?”

“흠…… 전례가 없던 일이야.”

부정적인 반응이었다.

전사의 시험은 이제 막 성인이 된 불타르가 전사로서 인정받는 과정 중 하나다.

그것을 도깨비가 받는 건 과거에도 없던 일이다.

소족장 불타르가 답답함을 느끼고 있을 그때.

쿵.

모두의 시선이 거대한 탁의 한쪽으로 쏠렸다.

가장 강렬한 불꽃의 보유자. 부족의 대족장이 주변을 훑으며 말했다.

“시험을 치르게 해줘라. 그가 시험을 통과한다면 다시 한번 이야기를 들어보겠다.”

족장들이 침묵했다.

대족장의 말은 절대적이다.

적어도 이곳 부족에선 그랬다.

“시험을 통과한 자는 존중해 줄 필요가 있다. 반대로 통과하지 못한다면 설령 정답을 말해도 힘을 갖지 못하지. 만약 소족장이 본 게 진실이라면 그 도깨비가 시험을 통과할 것이고 잘못 본 것이라면 그 안에서 죽고 말 터.”

대족장이 소족장의 안목을 시험하는 것이었다.

소족장 불타르는 주먹을 꽉 쥐었다.

“하지만 그냥 그대로 보내는 건 죽으라는 말과 같습니다. 기준을 약간 낮추고 다른 시험자와 똑같이 ‘창고’를 한 차례 사용할 기회를 주십시오.”

“그 정도는 허락한다.”

창고는 부족이 오랜 시간 사냥과 전쟁을 벌이며 모아온 물건을 쌓아둔 장소다.

그곳에서 시험자는 한 가지 물건을 골라 전사의 시험을 치르는 게 관례다.

그래도 고작 도깨비가 통과할 가능성은 한없이 낮지만, 지푸라기라도 잡는 심정이었다.

소족장 불타르가 무겁게 고개를 끄덕이는 걸 끝으로 회의가 끝났다.

그리고…… 다음 날이 밝았다.

날이 밝은 즉시 무영은 마을의 입구를 찾았다.

동시에 거대한 지하 창고로 안내되었다.

'엄청나군.'

창고 안으로 들어온 무영의 눈에 이채가 발했다.

끝이 보이지 않는 창고 안에는 셀 수 없이 많은 장비와 장신구 따위가 늘어져 있었다.

"하나만 골라라."

소족장 불타르가 지켜보는 가운데 무영은 창고 안을 거닐며 물건들을 살폈다.

하나하나가 명품이 아닌 것이 없었다.

불타르가 사용하는 커다란 무기도 있었지만 무영이 사용할 수 있는 것도 상당히 많았다.

'전사의 시험을 치르는 대가로 장비 하나라. 나쁘지 않다.'

거기다가 이 일을 해결하면 마신의 영역에서 활동하기에 한결 편해진다.

불타르와 싸우는 거였다면 지금 상태에선 거의 불가능한 일이지만, 그보다는 난이도가 훨씬 낮다고 하니 해볼 만하다고 판단했다.

'저건?'

한참을 걷던 무영이 한쪽 방향에서 흘러나오는 검은색 기류를 포착했다.

마치 죽음의 예술 스킬을 사용할 때 나오는 빛과 비슷했다.

가까이 다가가자 뼈로 만들어진 허리띠 하나가 바닥에 떨어져 있었다.

명칭: 사악한 허리띠

등급: A

분류: 장착형

내구: 6,818

제한: '네크로맨서' 종류의 클래스만 효과 확인 가능

효과: 사악한 리치가 사용하던 허리띠

지능+4

지혜+4

모든 언데드 5% 강화

몇 번이나 다시 확인한 무영이 혀를 내둘렀다.

'상당히 괜찮군.'

'네크로맨서' 종류의 클래스를 가진 자만 효과를 볼 수 있다.

이런 제한이 걸려 있는 장비는 보통 같은 등급에 비해 효율이 좋다.

'언데드 5% 강화.'

절대로 적은 수치가 아니다. 하물며 숫자에 제한도 없다.

무영은 창고를 한 바퀴 둘러본 뒤 사악한 허리띠가 자신에게 가장 맞다는 사실을 인지하곤 그대로 집어 들었다.

"이걸로 하겠다."

"그런 걸로 괜찮겠나? 별로 안 좋아 보이는데."

소족장 불타르가 불신의 눈빛을 보냈다.

창고에는 훨씬 반짝이는 보물이 많다. 그 많고 많은 것 중에 왜 하필 저런 볼품없는 뼛조각 허리띠를 골랐는지 알 수 없었다.

"이거면 충분하다."

"후회하지 마라."

소족장 불타르가 혀를 차며 창고를 나섰다.

그러나 그와는 반대로 무영은 매우 만족하는 중이었다.

'진짜 보물을 건질 줄은 몰랐어.'

무영에게 있어서 이 허리띠는 창고의 어떠한 장비보다 더욱 값졌다.

다음으로 무영이 향한 곳은 마을의 중심부에 있는 가옥이었다.

안으로 들어가자 거대한 구슬이 있었다.

소족장 불타르가 말했다.

"시험의 구슬이다. 피를 묻히고 만지면 시험이 시작된다. 통과하는 자만이 돌아올 수 있다."

"통과하지 못하면 어떻게 되지?"

"죽거나 돌아와도 실성해 버린다."

실로 간단명료하다.

무영은 소도를 꺼내 손가락에 상처를 냈다.

곧 피가 주르르 흘러내렸다.

"따로 해줄 충고 같은 게 있는 건가?"

"더도 말고 덜도 말고 열 번만 막아라. 막 성인이 된 불타르는 스무 번 정도가 평균이지만 너는 그 이상을 욕심낼 필요가 없다."

모호하기 짝이 없는 말.

무영은 길게 고민하지 않았다.

고개를 주억거리곤 손을 뻗어 구슬에 대었다.

곧 무영의 몸이 구슬 안으로 빨려가듯 들어갔다.

〈인류 최초로 '무한의 전장'에 초대되었습니다.〉

〈이곳에서 내는 모든 기록은 솔로몬의 전당에 기록됩니다.〉

〈적을 막으십시오. 5번 이상 막아내면 언제든지 귀환할 수 있습니다.〉

〈첫 번째 물결 – 고블린 100마리〉

무영은 주변을 둘러봤다.

넓은 투기장이 펼쳐져 있었다.

그리고 저 멀리서 고블린 100마리가 무기를 든 채 달려오는 중이었다.

갑작스러운 상황.

하지만 무영은 당황하지 않았다.

그보다 들어온 즉시 떠오른 문구가 더욱 눈에 거슬렸다.

'무한의 전장!'

이 역시 인류가 본격적인 탐사를 시작하며 알게 된 장소다.

하지만 앞으로 못해도 10년 뒤에나 밝혀지는 게 무한의 전장이었다.

성적에 따라서 솔로몬의 율법에 의해 보상을 받을 수 있기 때문에 많은 사람이 도전한 걸로 안다.

특히 특정 보상은 수량이 정해져 있어서 정보를 아는 거대 집단이 거의 독식하다시피 했었다.

설마 그 구슬이 무한의 전장으로 통하는 길일 줄이야…….

'해보자.'

스릉!

비탄이 잘게 울었다.

to be continued

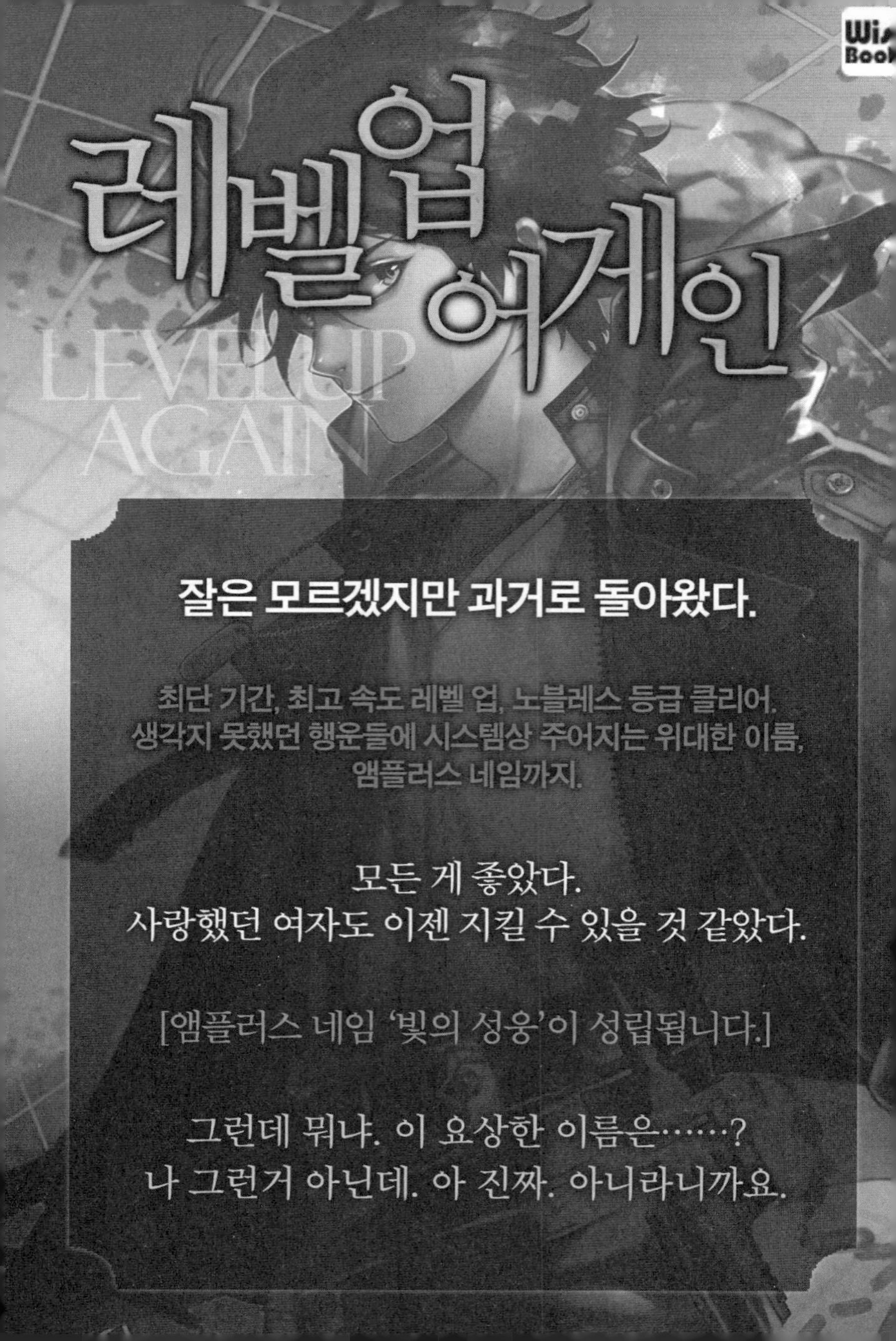
Wis Book
레벨업 어게인
LEVELUP AGAIN
잘은 모르겠지만 과거로 돌아왔다.
최단 기간, 최고 속도 레벨 업, 노블레스 등급 클리어.
생각지 못했던 행운들에 시스템상 주어지는 위대한 이름,
앰플러스 네임까지.
모든 게 좋았다.
사랑했던 여자도 이젠 지킬 수 있을 것 같았다.
[앰플러스 네임 '빛의 성웅'이 성립됩니다.]
그런데 뭐냐. 이 요상한 이름은……?
나 그런거 아닌데. 아 진짜. 아니라니까요.

Wish Books

포텐

POTENTIAL

어떤 사물에는 그것을 오랜 기간 사용한
사람의 잠재된 능력이 고스란히 담긴다.
그리고 난 그것을 사용할 수 있다.

천재 디자이너, 죽은 이도 살리는 명의,
감성을 울리는 피아니스트, 바람기 가득한 첩보원.
그 누구라도 될 수 있다. 단, 애장품만 있다면!

달인의 눈으로 세상을 바라보는,
유쾌한 민호의 더 유쾌한 애장품 여행기!

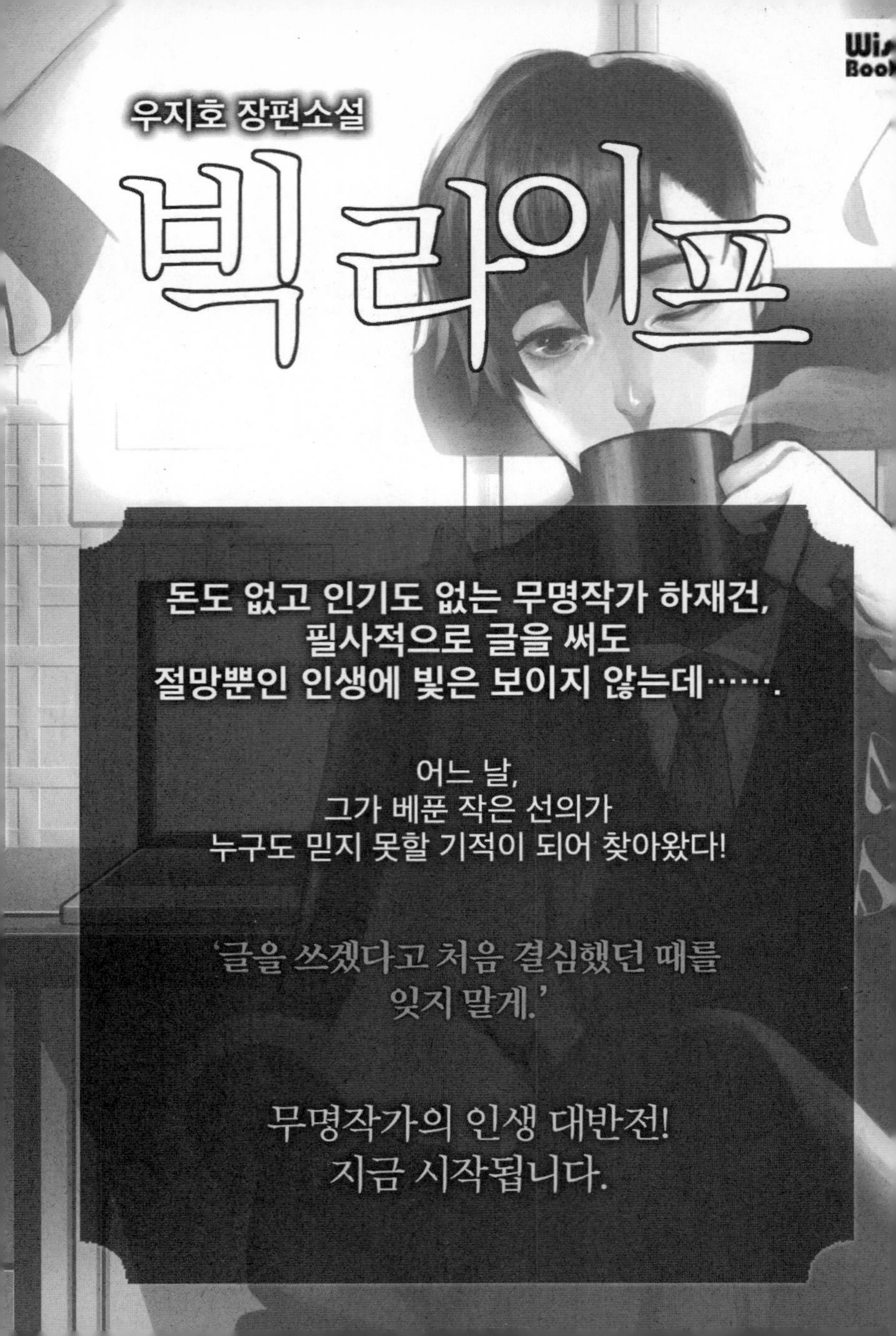

우지호 장편소설

빅 라이프

돈도 없고 인기도 없는 무명작가 하재건,
필사적으로 글을 써도
절망뿐인 인생에 빛은 보이지 않는데…….

어느 날,
그가 베푼 작은 선의가
누구도 믿지 못할 기적이 되어 찾아왔다!

'글을 쓰겠다고 처음 결심했던 때를
잊지 말게.'

무명작가의 인생 대반전!
지금 시작됩니다.